百《も》々《も》とお狐の
見習い巫女生活 弐

千冬

目次

Contents

人物紹介 Characters

◆東雲天空《しののめそら》
生活安全課の警部補。34歳。
無骨で口下手だが心優しい。
◆香佑焔《こうえん》
百々の御守りに憑いて、いつも見守っている稲荷の神使《しんし》。
生真面目でやや口うるさい。
◆加賀百々《かがもも》
公立高校に通う17歳。普段はゆるい性格だが、実は神と人をつなぐ「在巫女《さいみこ》」見習い。
四屋敷の次代当主。

【イラスト】紅木 春

◆勝山《かつやま》 忍《しのぶ》
真面目で有能な弁護士。ストーカー被害の相談を請け負う。
◆桐生《きりゅう》 華《はな》
百々と同じく佐々多良神社で巫女を務める。20歳。おとなしく真面目な性格。
◆四屋敷《よつやしき》一子《いちこ》
百々の曾祖母で、現四屋敷当主。86歳。歴代の「在巫女」の中で最も優れた力を持っている。
◆高見《たかみ》 駿《しゅん》
百々が住む市の市長。百々の祖母の部下だった過去を持つ。

百々《もも》とお狐の見習い巫女生活

Momo-to Okitsune-no Minarai Mikoseikatsu

弐

大福と修行

青い空、所々浮かぶ白い雲——まさに秋晴れ。

そんな中、加賀百々《かがもも》は車の助手席から外の風景を見ていた。

新潟《にいがた》市内の自宅から国道まで出て、そこからいくつか信号を通過した。

先程コンビニの前を通りすぎてからは、あまりお店らしいお店はない。

ぽつぽつと点在する民家と広告の看板。あとは、両側に広がる田んぼ。

見ていて楽しいかと言われると、それほどでもない。しかし、会話が続かないのだ。

前を向いて運転に集中している東雲《しののめ》の横顔をちらりと見て、百々は気づかれないようため息をついた。


曾祖母からの電話を受け取ったのは、金曜日の夜だった。百々は下宿先の自分の部屋である二階の八畳間で、携帯の通話ボタンをタップした。

『百々ちゃん、お元気かしら』

「うん。大おばあちゃんも風邪とかひいてない？」

一応尋ねてみたが、曾祖母の一子《いちこ》が風邪で寝込んでいる姿を、百々は十七になるまで見たことがなかった。

八十を超えてなお、社交的で衰え知らずの曾祖母――それが曾孫《ひまご》の百々が感じる四屋敷《よつやしき》一子《いちこ》への感想だった。

その曾祖母が、夕食を終えた下宿先の百々に、電話をかけてきたのだ。

『元気ですよ。それより百々ちゃん。明日、こちらに来てちょうだいな』

「え」

百々は即答できなかった。

何故なら、現在公立高校二年生の百々には日課があった。正しくは、曾祖母の跡を継いで四屋敷家の『在巫女《ざいみこ》』になるための修行だ。

平日は、登校前に神社に寄りお務めを果たし、放課後は部活動をせずにまっすぐに神社に向かい、そこでまたお務めを果たしてから下宿先に戻る。学校のない土日祝日は、丸一日。

模試などが入ることのある土曜日は、午後からというときもあるが、基本休むことはない。

神社のお務めと言っても、まだ十七の百々が、参拝客の望みを祭神に祈願するような神職の真似事などできるはずもない。

巫女装束に着替えて、境内の掃き掃除をしたり、社務所でお茶を入れたり、御守りの販売や祈祷などの受付をしたり。

それらの何がどう修行になるのかは、百々にはまだよく分かっていない。

ただ、四屋敷を継ぐ女は、その前に神社に預けられ、数年修行をすることになっている。

百々の実家は、ごく普通の家だ。いや、旧家くらいは名乗ってもいいかもしれないが、名家ではないし裕福な家ということでもない。ましてや、神社に奉職している家族がいるわけでもない。

新潟市の郊外の、昔ながらの田園風景が広がる地域にある四屋敷家は、敷地こそ広いものの平屋建ての民家で、庭の他には敷地内に物置として使っている蔵や自家菜園程度の畑があるくらいである。

そんな家庭で育った百々が継ぐことになる四屋敷。代々女性のみが継ぐと言われている四屋敷――その当主は『在巫女』と呼ばれている。

本来ならば、神社の境内という神域で神に仕えるのが巫女なのだが、在巫女は違う。

彼女たちは、場所を選ばない。

在野にあって、神の力を借りることができる者。

神社という聖域を離れてなお、巫女の役割を果たす者。

そこにいるだけで、自ら神の領域を生み出すことのできる者。

それが『在巫女』なのだ。

四屋敷一子は、現在その地位にいる。

それを継ぐのが、弱冠十七歳の百々なのだ。

亡き祖母は、百々と同じように佐々多良《ささたら》神社で三年間修行させてもらいながらも、結局は家業を継ぐことを拒み、結婚して四屋敷を出た。

その娘である百々の母親には、継ぐだけの力がなかった。

四屋敷一子から三代目にしてようやく、百々の中に次代の血が受け継がれたのである。

そんな百々の日常はと言えば、神社通いこそあるが、普段は普通の高校生活を送っている。友人たちときゃあきゃあ騒ぎ、テスト前になれば現実逃避とばかりに部屋の掃除を始め、ぎりぎりになって諦めて勉強するような、そんな日々だ。

しかし、神社に通う、ただそのために家を出て、紆余曲折の末、現在の場所に下宿している百々は、明日の土曜日に実家に帰ってこいという一子の言葉に戸惑った。

「えっと、大おばあちゃん、明日は土曜日だよ?」

『ええ、そうねえ。ですからあなた、朝から来られますでしょ?』

それはそうなのだが。

「私、佐々多良神社に行かないと」

『もう先方とはお話はついています』

さすが曾祖母、抜かりがないと、百々は苦笑いをした。

本来ならば修行先の佐々多良神社には百々が言わなければならないのに、電話してくる前に先回りして百々が明日行けない旨を伝えてしまっていた。

そうなると、百々が一子の要請を断って神社に行くことなど、できるはずもない。

『迎えをやりますから、朝の八時に用意して玄関で待ってらっしゃいな』

随分と早いなと思いながら、百々は分かったと返事をした。電話を切ると、下宿先の女主人である東紀子《あずまのりこ》にそれを伝えに階下に降りる。

紀子は、結婚前は四屋敷のある地域で育った女性である。そのため、一子のことを「四屋敷の奥様」と呼び、崇《あが》め奉《たてまつ》るかのように接していて、その曾孫である百々を預かることに、非常に栄誉を感じている節がある。

四屋敷が、地域に絶大な権力をもっているわけでも何でもない。

ただ、昔からその地域では、綿々《めんめん》と言い継がれている言葉がある。

《四屋敷さんにいたずらをしてはいけないよ》

《四屋敷さんはここいらへんを護《まも》ってくださってるんだ》

《もしも、四屋敷さんに何かしたら――どうなっても知らないよ》

物心がついた頃からそう言い聞かされてきた、特に高齢の人たちにとって、四屋敷という名前には三つ葉葵《あおい》の印籠のような力がある。

善良な女主人の紀子は、明日の朝、佐々多良神社に行かないで四屋敷の家に帰ると聞くと、くれぐれも四屋敷の奥様によろしく伝えてちょうだいねと百々に頼んだ。

朝食は、百々が午前七時には食べられるようにしておいてくれると言う。

腰が少し曲がった高齢の紀子は、動作こそゆっくりだがまだかくしゃくとしており、百々の世話を焼くことが楽しくて仕方がないらしい。

百々は、一子がどうして急に自分を呼び出したんだろうと、早めに入浴させてもらった湯船の中で考えたが、当然答えは出なかった。

翌日、デニムのスカートに淡いミントグリーンのニット、その上からジャケットを羽織って、百々は玄関を出た。

まるでそれを見計らったかのように、下宿先の東家の玄関先に軽自動車が止まる。

あ、お父さんじゃない、大おばあちゃんの式神だ。

母の二番目の夫である義父ならば、国産の普通車だ。

軽自動車を使うのは一子だが、免許をもっていない彼女を車に乗せて運転しているのは、彼女の式神と決まっている。

運転席には、連獅子《れんじし》のような白髪の青年が座っていた。その後部座席に百々は乗り込んだ。

後ろで百々がシートベルトを締めるのを待ち、式神の青年は車を発進させる。

運転免許のない一子が、何をどうやったら式神に車を運転させることができるのか、百々にはさっぱりだ。式神自身もどうやって運転できるようになるのか、さっぱり分からないに違いない。本当は、免許だってもっていないはずだ。

運転をどこで覚えたのかと、一度この式神に尋ねたことがある。その答えは、明瞭だった。

「一子様が望まれました」

大おばあちゃん、自分の式神に何気にスパルタだよね、と百々はそのとき思った。

下宿先と百々の実家のある場所は、隣り合わせの区である。土曜日の朝なので平日のような通勤渋滞はなく、二十分くらいで到着した。

「ただいまー！」

「おかえりなさい、百々ちゃん」

元気よく飛び込んだ玄関で、母の七恵《ななえ》の出迎えを受けた。七恵は四十を過ぎているのに、いつも笑顔でふわふわとした柔らかい雰囲気を身にまとっているせいか、三十代半ばくらいにしか見えない。

「おばあちゃんたら、百々ちゃんが帰ってくるって今朝になって言うんですもの」

「え、そうなの？　じゃあ……お父さんともめたよね？」

「ちょっとね」

父親の加賀丈晴《かがたけはる》は母の再婚相手で、百々の実父ではない。けれど、血が繋がっていない百々に実の娘のように愛情を注いでくれる大切な父親だ。

丈晴は、もともと四屋敷とまったく縁がなかったわけではない。

丈晴の曾祖父が四屋敷の出であり、一子の母の弟、つまり一子にとっては叔父に当たる。丈晴の代になるまで、四屋敷との交流を絶っていたので、まさに突然現れた親戚のようなものだった。

そのため丈晴は七恵にとって遠縁であり、百々の実父が生きている頃は年の近い親戚として交流をもっていた。

七恵の亡き夫のことを尊敬していたという丈晴は、今も百々のことをさん付けで呼ぶ。高校の教師をしている丈晴は元来真面目な性格で、それもあって彼なりに亡き百々の父に義理立てしているのかもしれない。

百々は、それが少し寂しい。

その丈晴は、四屋敷の在巫女の仕事に対してよく思っておらず、同居している一子と衝突することが多かった。

とはいえ、それで家族がどうなるわけでもなく、一子に至っては丈晴がどれほど文句を言っても苛立ちをぶつけてきても、揺らぐことがない。

そんなところも、丈晴としては面白くないのかもしれない。

一子が、昨夜のうちに丈晴と七恵に百々の帰宅のことを言っていれば、迎えは丈晴になっていただろう。娘の送迎は父親の役目ですと、これまで幾度となく一子に申し出ているからだ。

つまり、一子の式神が百々を迎えに来たということは、百々の帰宅を丈晴たちに内緒にしたままか、式神が発ってから百々の帰省のことを話したということになる。どうやら今回は後者らしかった。

「どうしてお父さんやお母さんに言わなかったんだろ……って、あれ？　もしかして、お客さん来てるの？」

玄関には、丈晴のものとは違う男物の靴が置いてあった。

そう言えば、敷地の端の方に、車が停まっていたような気がする。

乗ってきた車を降りてまっすぐ玄関に飛び込んだ百々は、ちゃんと見ておくんだったと後悔した。

もしかしたら、自分が呼ばれたことと関係があるかもしれないからだ。

「おばあちゃん、百々ちゃんに黙っているように、ですって。楽しそうだったから、お母さんも言わないでおくわね」

「何それ！　大おばあちゃんとお母さんばっかりずるい！　てか、大おばあちゃん、絶対私をびっくりさせるのを面白がってるよね」

「きっと百々ちゃんが素直に驚いてくれるのが嬉しいのよ」

百々の抗議にもにこにこ笑って動じない母に、いやいや、驚かされる身にもなってほしい、と百々は肩を落とした。

変なところで茶目っ気を発揮するのだ、あの曾祖母は。

そして、秘密が明かされて百々や周囲の人が驚くのを、にこにこと見ている。

「じゃあ、お父さんは？」

「お客様のお相手」

一子が相手をしていないと分かり、百々はそれにも驚いた。その客と関係したことで呼ばれたのだとばかり思ったが、違うのだろうか。

百々は、玄関からすぐに一子の部屋に向かった。廊下から、「入ります」と声をかけて、障子戸を開ける。

「おかえりなさいな、百々ちゃん」

自室でも正座を崩さず、背筋を伸ばした姿勢で座っている一子が、百々に微笑みかけて招き入れた。

下宿先の女主人とさほど年齢が変わらないはずなのに、一子の腰が曲がっている様子はまったく見られない。

凛とした着物姿の一子からは、四屋敷の現当主にして在巫女の貫禄が溢れていた。

「ただいま帰りました」

「まあまあ、朝から悪かったわねえ。お入りなさいな。ちょうどね、美味しい大福があるんですよ」

一子が直々に茶を淹れて百々に出してくれる。

茶菓子として出された大福は市内の小さな和菓子店のもので、薄い餅皮の中にほどよい甘さの餡がたっぷり詰まった人気商品だった。

その柔らかさは、手で持つと分かる。崩れそうだと慌てて口に入れると、あまりの柔らかさにびっくりする。周囲を気にしなければ、大きな口を開けて三口くらいで食べられてしまうだろう。

「わあ、これ、私大好き！」

「私もですよ。いただきましょうねえ」

大好きな曾祖母にこれまた大好きな大福を勧められ、遠慮するような百々ではない。

早速一口頬張った。

「んんんー！　美味しいよう！」

幸せそうな百々の様子に、上品に大福に口をつけた一子も目じりを下げて慈愛のこもった視線を送る。

その表情のまま、唐突に。

「それでね、百々ちゃん。今日は私の名代としてお出かけしてきてもらいたいのよ」

「み、名代？」

二口目を頬張ろうとして、百々は手を止めた。

いつも、前置きなしに本題に入ってしまうのだ、この曾祖母は。百々の心の準備など、まったく考慮してくれない。

「昨日相談を受けたんですけどね、私、これから他の神社にお呼ばれしていて動けないの。だから、百々ちゃん、あなたが行って来てちょうだい。これも修行と思って」

そう言われてしまえば、百々には断ることができない。

一子の跡を継ぐために、高校生活の三年間、自宅を出て下宿をし、毎日神社にも通っているのだ。

「……もしかして、この大福、その人が持ってきたの？」

「ほほほ。わざわざ予約して、今朝、特別に早く作っていただいたんですって。その出来たてを持ってきてくれたんですよ。私たち、二人とも口にしてしまいましたものねえ。お断りなんかできないでしょう？」

「大おばあちゃん、確信犯じゃん！」

百々が抗議しても、一子は「おほほほほ」と笑うだけ、まったく相手にならない。一個目を食べ終えた百々に、一子が二個目を勧める。

「これ、日持ちしないんですよ。なのに、十個も買ってきてくださって。百々ちゃん、もう一個食べてちょうだいな」

既に一個食べているのだ、二個食べようと三個食べようと、百々が相談事を引き受けることはもう決定事項だ。

百々は、遠慮なく二個目に手を伸ばした。そのまま口に運んでかぶりついたとき、廊下から母の七恵の声がした。

「おばあちゃん、お連れしました」

「あらあら、入っていただいて。どうか百々ちゃんにご一緒していただきたいと、わざわざ美味しい大福を持ってきてくださったんですもの」

ん？　と思って、そのまま障子戸が開けられるのを見ていた百々は、固まった。

見事に固まった。

二個目の大福にかぶりついたまま。

「失礼します。おはようございます、加賀さん」

百々を「加賀さん」と呼ぶ男性——東雲天空《しののめそら》警部補が、廊下に正座して控えていた。

その東雲と目が合う。

「……う……ひゃあああああああっ！」

ぽん！　と音が出そうなほど真っ赤になった百々の口から、大福が落ちる。

見られた、見られた、見られた、大福に意地汚くかぶりついてる姿をー っ！　どうして
このタイミング！　よりによって、大福！　しかも、二個目！

一度叫んでから、今度は顔を覆って横を向き、畳に落ちた大福に気づいて大慌てで拾い
上げる。

そんな百々のパニックぶりにも、東雲の表情はまったく動かなかった。

三十四歳のこの警部補は、生活安全課勤務である。

初めてこの家で「百々担当」として一子から紹介され、しかも百々も東雲もその「担
当」というものがどういうものなのか説明されなかったという大層大雑把な出会いだった。

ただ、その後百々が警察の仕事にかかわるような事案に首を突っ込むことになったとき、東雲の存在は確かにありがたかった。

身長はおそらく百九十を超えるだろうその外見は、ラグビーやアメフトをしていたのではないかと思うほど筋肉質で大柄、さらに顔のパーツも一つ一つが大きくできている。

一子とはまた別の意味で、表情を大きく崩すほど動じることがあまりない。

無口で生真面目、そんな印象の東雲だが、意味が分からないなりに「百々担当」という役目を受け入れ、今では百々もすっかり頼りにするようになっていた。

その東雲が、何故朝から自宅にいるのかとか、この大福を持ってきたのが東雲だとすると相談も東雲が持ってきたのかとか、大福をくわえた女子高生ってどう見えたんだろうとか、百々の脳内は思考があちこちに飛んでまとまらない。

一子は「おほほほ！　百々ちゃんたら！　ほほほ！」とおかしそうに笑っていた。

そして、百々は結局何も聞かされないまま、東雲の車の助手席に収まって、ドライブに出かけたのだった。

沈黙が支配する車内で、百々は東雲をちらりと見ては窓の外を見、また視線を東雲に戻すということを繰り返していた。

自分から話しかけて、相談事を聞けばいいのだろうか。いや、でも、相談を持ち込んだのが東雲なら、話し出すのは東雲からだろうから、もう少し待った方がいいのだろうか。

元々口数が少ない東雲である。本人も、口下手だと言っていた。

なので、ドライブ中に話が弾むとは最初から思っていなかったが、それにしてもこれほど何も言葉を発しないとは。

もしかして、あの大福姿に呆れたんだろうかと、百々はだんだん悲しくなってきた。

そのタイミングで、ようやく、本当にようやく、東雲が口を開いた。

「自分、タイミングが悪くて申し訳ありません」

「は、はい？」

いきなり謝られて、返事をした百々の声が裏返った。

「お好きだとうかがったので」

「好き？」

「あの大福を、四屋敷さんも加賀さんもお好きだと」

「……待って待って待って！　もしかして、大おばあちゃん、東雲さんにねだったの？　大福、朝っぱらから買って来いって言ったの？　信じられない！」

一子は、甘いものが好きである。

それにしても、相談をしてきた相手に、大福を買って来いと命令したのだとしたら、ここは百々が代わりに謝るべきだろう。

「いえ、自分が聞きました。手土産のセンスがありませんので、何がいいかと」

「いや！　いやいや、そこはさ！　大おばあちゃんてば、そんなものはいりませんからって言わなきゃ駄目だよう」

「具体的に言っていただいてよかったです」

「そんな、東雲さん、こちらこそ……って、タイミング悪くてって、その……」

「召し上がっている途中にお部屋にうかがってしまい……」

「それ、呼んだのは大おばあちゃんで案内してきたのはお母さんだから！　てか、忘れてください、お願い、もうかっこ悪すぎて切ない……っ」

狭い車内、シートベルトもしている、当然逃げも隠れもできない。

ようやく東雲の方から口を開いてくれたかと思ったらこれかと、百々はまたしても真っ赤になって頭を抱えた。

これはもう、話題を変えるしかない。

「あの、それで、どこに向かってるんですか」

「……四屋敷さんからうかがっているものと」

それで、さっきから何も説明しなかったんだ、東雲さん！

大おばあちゃんから私に全部話が伝わっているって思って！

大おばあちゃんの馬鹿ぁぁぁぁぁっ！

心の中で、百々は高笑いをする一子を思い浮かべて叫んだ。

車は、歩道橋の手前の信号が赤になって停まった。

東雲が、停まったままでも前方から視線を逸らさずに軽く頭を下げた。

「すいません。加賀さんに伝わっていないと思いませんでした」

「ううう……毎回思うんだけど、東雲さん、ちっとも悪くないですよね……なんかもう、大おばあちゃんがゴーイングマイウェイな人で本当にごめんなさい。なので、教えてください。私、どこで何をしたらいいんでしょうか」

信号が青に変わった。アクセルを踏みながら、東雲が口を開いた。

「自分の実家の近くまで行きます」


国道から右折して、農道に入る。

あまり広くない道幅で、ところどころ停車できそうなスペースが設けてあり、対向車とすれ違うときに片方がそこで一時停止すればいいようになっている。

その一つに、東雲は車を寄せて停まった。

エンジンを切ったので、ここが目的の場所なのだと百々も分かった。

「東雲さんのご実家は、どの辺なんですか」

降りる前に、百々は周囲を見回した。お邪魔してご挨拶したいなんて図々しいことは言わないから、せめてどんな家か見てみたいと思い、百々はおずおずと尋ねてみた。

「ここからは、そこの藪があって見えません。道一つ向こうの通りを行ったところにあります」

見えないのか――と、百々は少し残念に思った。

「そこの竹林、見えますか」

東雲は、右側後方を指して言った。

シートベルトを外し、体を捻って後部座席の右側の窓から外を見る。

確かに通り過ぎたばかりのところに、竹林があった。その中に、物置か民家か分からないが、何やら家屋のようなものの外壁が見えている。

しかし、それよりも気になるのは、竹林の手前だった。

「石畳……奥まで続いてる？」

百々たちの方からは、目の前の田んぼの向こう側に石畳があり、その背後に竹林があるような形になっている。竹林に沿うように、細い石畳の道がまっすぐ続いていた。

農道から入っていくその道は、途中から今度は高い木々に遮られて奥が見えない。

「あの奥に、神社があります」

「え！」

百々は慌ててもう一度目を凝らして見た。

片側が竹林、もう片側が田になっている細い道は、やはり二人が停まっている場所からは奥がまったく見えなかった。

「無人の小さな神社です。普段、神主は来ません」

定期的に来ているのかもしれないが、祭りのとき以外見かけた記憶がないと、東雲が語った。

それは、おそらく子供の頃の話なのだろう。その証拠に、人があまり来ないこの神社で一人で過ごすのが好きだったと、東雲が懐かしそうに告白した。

かつて、自分の両親は絵に描いたようなヤンキーだったと東雲から聞いていた。

その両親から「天空《そら》」ではなく「天空《ぶるー》」と名付けられ、ごてごてした服を着せられていた東雲は、子供心に随分恥ずかしい思いをして育ったのだという。

よく、両親の影響を受けて同じような感覚にならなかったものだと思う。真面目な性格の少年は、名前や外見をからかわれて、どれほど悲しい思いをしたことだろう。

そんな少年時代、この神社は格好の隠れ家で心の休まる場所だったのかもしれない。

「静かで落ち着くんで、ここは好きでした。しかし、実家を出て以来、こちらとも縁遠くなり、ここ数年訪れていませんでした」

東雲は名前を変更したいと家庭裁判所に申し立てて改名したときに、両親から勘当のごとく家を追い出され、学費も奨学金とバイトでどうにかしてきた過去を持っている。だとすれば、実家に近いこの神社にも通えなくなっても仕方ない。

「それは懐かしかったですね」

「先日、仕事でこの近辺を通りかかったので、久しぶりに寄ってみたんです」

「…………」

「東雲さん？」

「……あんな雰囲気だったのかと」

久しぶりの参拝。

だが、東雲は一瞬足が竦《すく》んだという。

どうにか社の前まで行きつき、手を合わせてきたが、どうにも雰囲気がよくない。

どこがどうだとは言えないが、とにかく感覚として気持ちがよくないと感じたのだという。

そこで、通りかかった幾人かに尋ねたところ、同様の答えが返ってきた。

近所の氏子たちの間でも、神社がどうも妙だと噂になっている。

近くに保育施設ができて、子供たちの声がうるさいのが神様の気分を害したのではないかとか、遊びに来た子供たちからいたずらされないよう手水《ちょうず》の水栓を止めたことがよくなかったとか、見えにくいのをいいことに女性や子供を連れ込んで悪さをする輩がいるとかいないとかで、犯罪防止のために子供らを立ち入り禁止にしたが既に遅く被害が出たあとだったとか、尋ねる人によってさまざまな憶測が語られた。

そのどれが正解なのか、東雲には分からない。

ただ、神社の雰囲気とはこうも変わるものなのか、自分が子供の頃感じていた感覚が大人になったから変わっただけなのか、それとも何か理由があって放っておいてはいけないものになったのか。

判断ができなかった東雲は、神社のことなのでどこに相談すればいいのかと悩み、最終的に一子に電話を掛けたのだと言う。

「それが、昨日の午前中のことです」

こんなことでお時間をとらせてしまって申し訳ありません、と謝りながら東雲が語るのを一子は黙って聞いていた。

東雲が話し終えると、ようやく一子は口を開いてこう言った。

『確かにこのままではいけませんわねえ。でも、私にも予定があってなかなか動けませんし……百々ちゃんでもよろしいかしら。あの子なら、正しく見極められると思うんですよ』

「わあ、大おばあちゃん、あっさりハードル引き上げてくれたぁ」

このままではいけないと、四屋敷の当主が判断した事案。

それを任せられたのだ。

曾孫を愛する曾祖母にしては、一子は時折スパルタなところを見せる。そのときは、きっと曾祖母としての立場からではなく、今生唯一の在巫女として次代を鍛えるべくそうしているのだ。

「うーん……」

百々は唸った。

まず、東雲が聞いたという噂話は、どこかおかしい気がする。

神様が子供の声をうるさがるなど、そんなことがあるだろうか。

昔から、地域に密着し人々の生活の近くにあった神社が、その境内に子供たちが入るのを拒むはずがない。

誰も詣でなくなる、参拝に来なくなる、その方がよくないのだ。

祈られなくなった社、人が立ち入らずに荒れていく社。そうなるように、神社の祭神自らが周囲を拒絶するような力を巡らすだろうか。

百々は、車を降りた。東雲も、運転席から外に出る。

「私、ちょっと行ってきますね」

一緒にと言う東雲を、百々は止めた。

「東雲さんは待っててください。まず、自分の感覚で感じてみたいんです」

百々の言葉に、東雲は黙って頷いた。

百々は、持ってきた鞄の中から、ペットボトルを取り出した。家を出るときに、一子が水を持たせてくれたのだ。

何の変哲もない、家の水道水が入っているだけだと言っていたが、おそらく手水の水栓が閉められていることを聞いて持たせたのだろう。

百々は、道路を渡って石畳の上に足を乗せた。車を停めてから一人でここに来るまで、昼間だというのに誰も通らない。後ろを振り向けば、まだ東雲の姿が見える。

ずっと自分を見守ってくれている。

百々は、軽く手を振ってから、改めて前方を見た。石畳の道は片側が田んぼのため、日が差し込んできていて明るい。だが、途中から木々が田と境内を分けるかのように密集して生え、薄暗くなっている。

その暗い奥に、鳥居が見える気がした。

確かに、あまりいい雰囲気は感じられない。

進んでいくと、急に周囲が暗くなった。竹林と木々が、争うように光を奪っているのだ。

百々は、スカートのポケットの中に手を差し入れて、中にある御守りを、ぎゅっと握る。

香佑焔《こうえん》――大丈夫だよね？

そんな百々の心の声に応えるかのように、御守りがぶん、と震えた。この御守りには、香佑焔という名の狐の神使が憑いている。

本体は、四屋敷の庭に建てられた小さな社の中にいる。

かつて廃社になった小さな稲荷の神社にいたこの神使は、心無い人間の行いに怒り、神域を離れて荒れ狂い、堕ちた。それを鎮め浄めたのが、一子である。

その一子から、次代である百々を護ってもらいたいと頼まれて以来、香佑焔は百々の隠れた守護者であり、保護者でもあった。

香佑焔の姿が見えるのは、四屋敷の家の中でも、一子と百々のみ。他の人間からは見えない存在だ。

見える相手は、香佑焔に触れられることも触れることもできる。小さい百々がさらに小さな手で耳に触れ、香佑焔がその身を抱き上げ、あやしたその時から、百々と香佑焔は強い縁で結ばれているのだ。

香佑焔がいれば、何も怖くない。

香佑焔が護ってくれるから、平気——。

百々は、音すら遮断されたかのような道を進んだ。

そんな中、突然耳に届いた羽音に、百々は頭上を見上げ、ぎくりと体を強張らせた。

鳥が二羽、どこからともなく現れて、木の枝に留まっていた。それだけならまだいい。

なんと、百々が移動するのに合わせて、移動してくるのだ。ちょっと不気味だ。

やがて、百々は鳥居の前に来た。

がっしりとしたいい鳥居だと思いながら、百々は深く頭を下げた。

その瞬間。

ぎゃ――――！
があああ――――！

いきなり、頭上の鳥たちが鳴いた。

鳥居に一番近い枝に留まり、そこから百々を見下ろしている。鳥居に留まろうとせず、その枝から離れない。

どきどきしながら百々が鳥居をくぐって境内に入ったが、もう鳥はついてこなかった。

左手に手水舎《ちょうずや》が見える。右側は相変わらず竹ばかりだ。そして、正面には社があった。

百々は、からからに乾ききった手水舎に近寄ると、ペットボトルの水を取り出し、左手、右手の順に掛けた。それから、左手で水をすくって、口をすすぐ。最後にもう一度左手を水で浄めた。柄杓《ひしゃく》がもしあれば最後に残った水で柄を浄めるのだが、今回はないので省略だ。

改めて拝殿の前に立った百々は、どこの神様だろうと周囲を見回した。

拝殿の扉の上に掛けられた額は古く、字が読みづらくなっていた。それでも、どうにか百々は読んだ。


『大山祇神社《おおやまつみ》』


ああ——大山祇神様《おおやまつみのかみ》がここの祭神でいらっしゃるんだ。

そう思った途端、ポケットの中の御守りが振動し、香佑焔が姿を現した。

「大山祇神様。御前にてご挨拶申し上げる栄誉をどうか賜りますよう御願い申しあげまする」

人形《ひとがた》の白髪から、とがった耳が二つ。白地に金糸で紋様を縫い込んだ装束の腰のあたりから、二つに分かれた尾。

それがいつも百々の認識している香佑焔の姿だ。

その香佑焔が、百々の背後で社に向かって跪《ひざまず》き頭を深く垂れた。その理由を、百々は思いつく。

本来、香佑焔が仕えるのは、稲荷の神である宇迦之御魂神《うかのみたまのかみ》。その母神は、神大市比売神《かむおおいちひめのかみ》。神大市比売神の父神は、大山祇神。

つまり、この神社の祭神である大山祇神は宇迦之御魂神の祖父筋にあたる。

香佑焔にとっては、己の真の主である神に繋がっているのだ。

香佑焔をそのままに、百々は深く息を吸った。肺に満ちる大気を、ゆっくり吐き、もう一度吸う。

決して悪い気ではない、邪気もない。

穢れもない。

百々は、ゆっくりと頭を二度、深く下げた。それから、両手を胸の高さ近くまで上げる。

ぱぁん　ぱぁん

静寂の中、柏手を打つ音が大気を震わせた。余韻をもって消えるはずのその音は、震わせた大気に溶け込み、その大気が場を変える。

清白にして清浄な気が満ちる。

ただの境内ではない、真の意味での神の庭、人が足を踏み入れることを許されていない神聖な地。

百々の足元から、ぶわりと空気の塊が生まれ、彼女の身を包んだ。

今、百々は目を閉じ、意識をただ社へ、そこに残っている力へと向けた。

「大山祇神様。私は四屋敷百々《よつやしきもも》、次代の在巫女となる者です」

今の百々は「加賀百々」ではない。

あえて「四屋敷百々」と名乗るのは、一人の高校生としてここに来ているのではなく、四屋敷に生まれたる者、在巫女の地位を継ぐ者としてだからである。

「真心を込めてお祈り申し上げます。拙い祈りですが、精一杯務めさせていただきます。どうか、大山祇神様の御心をお示しください」


何に怒っておいでですか?

何か人による不手際が?

どうかお導きください、山の神様、大山祇神様――。


「かけまくも　かしこき　おおやまつみの　かみのやしろの　おほまへに」


目を閉じたままの百々の口から、するすると詞《ことば》が生み出された。

決して、正式な神職が唱えるそれではない。

だというのに、その詞が流れ出るやいなや、社の中から、おん、と応えるような力の動きが生まれた。

「おほかみの　たかきたふとき　おほみいつを」

百々の脳内に、イメージが生まれる。
大山祇神、山の神であると同時に水源を護る神、水の神。
子供らの悪戯など、大いなる山々のごとき悠然とした大山祇神にとって、どれほどのことがあろう。

子らの声は、木々を渡る風の囁きと同じ。
子らの遊戯は、木々を駆け回る獣の生命の息吹と変わらず。

「けふのよきひに　をろがみまつるさまを」

それよりも何故──
子らが消え、水が止められ、放置され
誰が子らを追いやった──誰が水をせき止めた
そんなことは望んでいない、子らの訪れない境内の虚しい静寂よ

「よのまもり　ひのまもりに　めぐみさきはえたまへと　かしこみかしこみまをす」


忘れ去られることは、辛いこと。

ここにいるのに、ここにあるのに、廃れゆくことは虚しいこと。


百々は、ゆっくりと手を下げた。そのまま深く頭を下げ、しばらく動かなかった。

自分の中に流れ込んできたのが、この神社を覆うぴりぴりとした雰囲気の元であるならば、勘違いをしていたのは人の側だ。

「必ず伝えます、大山祇神様。ご安心ください。すぐそこにも、昔こちらでお世話になった人が来ているんですよ」

伝えなければと、百々は踵を返した。

いつの間にか、香佑焔は姿を消していた。おそらく、百々の祈りが終わったその瞬間に、御守りに戻ったのだろう。

危険なことは何もなく、山のごとく深い腕《かいな》に抱かれているようなものなのだ、この境内にいるということは。

しかも、百々はその力を正しく見極め、祈り、大山祇神の意思が指すところをイメージとして思い浮かべ見ることを赦された。

ここに、百々を害するものは何もない。

百々は、鳥居をくぐって境内を出ると、もう一度向き直って礼をした。

それと同時に、またも烏が鳴いた。嗄《しゃが》れ声でそれぞれ一声ずつ。

そしてそのままばさばさと羽ばたき、飛び立っていった。

あれは、何かの象徴だったのだろうか。

単に物見高い烏が見慣れぬ人間を警戒して見張っていただけなのだろうか。

神と呼ばれる力に係わることは、まだまだ百々にはわからないことが多かった。

百々は、石畳を再び通って、日の当たるところまで来た。

農道の片側に車を寄せたまま、東雲は同じ場所に立って百々が戻るのを待っていた。一見無表情に見えるが、百々が無事戻ってきて明らかにほっとしていた。

「どうでしたか」

東雲に問われ、百々は自分が感じたイメージを言葉にした。

子供たちをここで遊ばせてほしい、手水舎の水も元通りにしてほしい、大山祇神は一つも子供たちを苦になど思っていないのだ、と。

「周囲の伸び放題の木や竹林を、もう少し剪定《せんてい》して日が入るようにした方がいいと思います。外からも子供たちの姿が見えるように。もちろん、丸見えにする必要はないと思いますけど。外から見えるというだけで、子供たちは度を越したいたずらなんかしないと思うし、大人も子供が見えた方が安心ですよね」

「子供が来ることに問題はないと」

「むしろ、来ないことの方が問題です」

子供らを立ち入り禁止にしたのは、地域の大人だ。

その大人らは、日々の暮らしに忙しく、頻繁に通って祈るわけでもない。

人が途絶え手入れを怠った神社の周囲はさらに雰囲気が暗くなり、誰もが近寄りがたいものになった。

その方が問題なのだ。

「分かりました」

地域の氏子代表にその旨を伝えますと、東雲は百々に約束した。

だったらと、百々は東雲の腕を掴んだ。

「もう一度、今度は一緒にお詣りに行きましょう。大山祇神様、きっと喜びますよ。あの時の子供が帰ってきてくれたって。大人になってもちゃんと戻ってきてくれるって」

そう言った百々は、早く早くと東雲を引っ張って道路を渡った。

二人で鳥居をくぐり、拝殿の前で二礼二拍手一礼。

ほんの数分前より神社の雰囲気がずっと和らいでいるのは、先程の百々の詞がもたらしたものか、それともここに戻ってきて真剣に祈る東雲を歓迎してのことか。

合わせていた手を下ろし、最後の礼をした東雲に、百々は笑顔で言った。

「きっと神様、東雲さんのこと覚えてますよ。さっきと全然違いますもん」

「そうなんですか」

「はい！」

胸を張るように返事をした百々だが、急に表情を曇らせた。

どうかしたのかと頭を傾けながら視線を寄越してくる東雲に、百々はきまり悪そうに尋ねた。

「あの……大山祇神様がこう思ってるとか言ってる私のこと……気持ち悪いとか、変とか、怖いとか、思ってませんか？」

「？」

百々の言葉に東雲はさらに訳が分からないという顔をした。『これまでにも百々の発揮する不思議な力を体感してきた、何を怖がれというのか』と、そんな風に百々には見えた。

「その……普通じゃないから」

「加賀さんの言う普通が、何を指しているのかは分かる気がします。しかし、怖くありません。むしろ、自分の理解できないことを解決し教えてくれた、そのことに感謝します」

「感謝……」

「ここに一緒に来てくれて、ありがとうございます」

あまり表情の変わらない東雲の口元がほころんだ。

それを見た百々の心が、どきっとした。

——この気持ちっていったいなんだろう？


二人は、境内を出て、停めてある車のところに戻った。

後は東雲に四屋敷まで送ってもらい、一子に報告しこれでよかったかどうか評価してもらえば終わる。

どうにかやり終えた安心感と、本当にこれでよかったのだろうかという一抹の不安がある。

それを感じていると、ふと、東雲が動きを止めているのに気づいた。何かを凝視していることに気づき、百々も東雲が視線を送っている方を見た。

車の後方、この周辺の田に送られる水を通す水門のある曲がり角のところから、夫婦らしき二人の男女がこちらに向かって歩いてくる。

どことなく安っぽい恰好に見えるのは偏見かもしれないが、男の方は白くなった薄い頭髪をべったりと撫でつけており、女の方は明るい色に髪を染め、濃い化粧をしていた。東雲と百々の視線に気づいたのか、二人もこちらを見て、その顔が驚きの色を浮かべたのが分かった。

無言のまま、東雲が頭を下げる。男女は、歩を止めて睨むようにこちらを見ている。その男性の方の体つきや顔の雰囲気から、百々は何となく気づいてしまった。

この人たち――東雲さんのご両親だ！

そう思った途端、百々も慌ててぺこりと頭を下げた。

紹介されたわけでも何でもない。

むしろ東雲と共にいる自分は、どう見えているんだろうと、百々はどきどきした。

男性の方が、顔を歪めて、ぺっと道端に唾を吐き捨てた。

「……邪魔な車が停まってるなあ、おい。こーこーはー、農道だーっ！　こんなとこに停められちまったら、迷惑極まりねえなあああ！」

「な……っ！」

刺々しい言葉に、百々は青くなった。

まだこの両親は、東雲のことを許していないのだろうか。

大学に入学するとともに実家との縁をほぼ切ったかのように会いに戻っていない東雲は、両親に会うのは十五、六年ぶりのはずである。

それだけの時間が過ぎても、まだ和解できないというのだろうか。

東雲は、無言のまま仕草で百々に車に乗るよう促した。百々は、戸惑いながらも助手席側に回り、東雲は運転席側のドアを開けた。

乗り込んだ百々の耳に、運転席のドアが閉まる直前、荒っぽい声が届いた。

「どこの誰だか知らねえけどよう！　気ぃつけるこった！　風邪とかひくんじゃねえぞ、馬鹿野郎！」

それは、単なる罵りではなく、東雲の体を気遣う言葉だった。

東雲はそれに答えず、エンジンをかけて車を出した。

男女はただそれを睨んでいた。

バックミラー越しに見ているうちにその姿が遠くなり、やがて見えなくなった。


「不快な思いをさせて、申し訳ありませんでした」

国道に出てしばらく走ってから、東雲がようやく口を開いた。

それまでまたも無言で、このまま家まで行くのだろうかと百々は心配していたので、東雲の言葉に安堵して、ぶんぶんと首を横に振った。

「不快だなんて！」

「お分かりでしょうが、あれが両親です」

若いころヤンキーだった両親は、何度か警察に補導されたこともあり、特に警察官という職業を嫌っているのだと東雲は語った。

その職業に自分たちの息子である東雲が就いたことを、もしかしたら苦々しく思っているのかもしれないないなと百々は思った。

両親なりに、息子に愛情をかけていたのだろう。だが、息子は勝手に名前を変え、家を追い出されても謝罪せず自力で大学を出て、こともあろうに警察官になった。

心の底では東雲のことを思っていても、許せない部分がどうしても残っているのかもしれない。

「仕方ありません。自分が選んだ道です。そして、自分は今の職業に誇りをもっています」

そう言い切った東雲の横顔を見ながら、百々は東雲が本音を語ってくれたことを噛みしめていた。

誇りに思うと言い切った東雲は、本当に力強い顔をしていて、それを間近で見ることができた百々は、かっこいいなあ東雲さん、とじんわりと思った。

いつも無口だけれど、こうして自分のことを語ってくれて嬉しい、もっと東雲さんのことを知っていけたらいいなと密かに願った。

そんな百々に、東雲が声をかけてきた。

「神社のこと、ありがとうございました。御礼にならないかもしれませんが、昼食、どこかに寄っていきませんか」

「え、いいんですか」

「はい」

やったぁ！　とはしゃいで声をあげた百々は、御守りの中で香佑焔がため息をついたことに気がつかなかった。

まだまだ、花より団子なのか、年頃のくせに、と。


その後。

帰宅した百々から報告を受けた一子は、百々の取った行動は正しかったと褒めてくれた。

そして後日、東雲から百々に連絡が入った。

東雲は約束を守り、大山祇神社は周囲の木々の枝を剪定したことで雰囲気が明るくなり、子供らがまた遊びに行くようになった。水栓も開けて手水を使えるようにし、鳥居の手前に訪れた大人が休んで一息入れるためのベンチも置いたので、子供だけでなく近所の大人も散歩がてらに寄るようになったそうだ。

百々は、これでまた少し尊敬する曾祖母に近付けたかもと、通話を終えた携帯を握りしめ、安堵のため息をついた。

執着の絵馬

十月下旬。

百々の通う新潟県立江央《こうおう》高等学校の二年生の修学旅行が実施された。

高二の二学期は、修学旅行としてはわりと一般的な時期である。

行き先は、新潟県の公立高校の修学旅行としては実にオーソドックスな、京都《きょうと》、奈良《なら》を中心とした関西地域四泊五日。

有名な某テーマパークに一日当てられていたが、あとはほとんど神社仏閣巡り。

「いいよなー、私立」

修学旅行最終日の夜、旅館の部屋でめっちょんこと恵美《めぐみ》がぼやいた。

長い髪はドライヤーでも乾きにくく、しかも生徒の数が多いため、大浴場の脱衣所でしっかりと乾かせなかった。そのため、少々機嫌がよくない。

恵美は首からタオルをかけ、風呂上がりの脚をマッサージしながら、ため息をつく。

「いや、他の公立でも行ってるか。飛行機で北海道《ほっかいどう》や沖縄《おきなわ》ってとこもあるし、外国ってとこもあるのに、うちの学校、何が悲しくてお寺三昧」

「めっちょん、間違ってる」

百々が、びしっと指を立てる。

「神社仏閣だから。神社も混じってたから」

「あー、はいはい、神社ね、神社。百々が間違って五百円玉お賽銭で投げちゃって絶叫した神社」

「やめてぇぇぇ！　貴重なお土産代だったんだよぅ！」

「そういや、お昼に行ったカフェでも……」

「あー、それも言わないで――！」

そそっかしい百々の失態を、同室の友人らにぬるく笑われながら、最後の夜は更けていった。


色々あったけれど楽しかった修学旅行も終わり、百々は翌日から佐々多良神社のお勤めに戻った。

無論、修学旅行に行く前に、佐々多良神社で旅行の安全を祈願していったが、戻ってきたらきたで無事でした、ありがとうございましたとお礼も言った。

佐多宮司《さたぐうじ》一家には、お土産のお菓子を渡した。

下宿先の女主人の紀子にも実家にも買ってきた。

それらは帰ってきてすぐに配ったが。

「さすがに、このために呼び出せないよね……」

百々に残ったお土産は、あと一つ。

警察官であり、どういうわけか百々担当という、本来とはまったく業務外の役目を押し付けられた東雲用の御守りだった。

東雲の趣味は、まさかの神社巡り、ご朱印集めだという。

「まさか、ご朱印帳借りて、神社に行くたびにご朱印いただいてくるわけにもいかなかったし……」

修学旅行中は基本、団体行動である。百々のために、友人たちを待たせるわけにはいかない。

それに、ご朱印には大概初穂料《はつほりょう》としてお金が必要である。ご朱印一つにつきだいたい三百円から五百円として、百々のささやかなお財布事情では、それらをいくつも集めるのは厳しかった。

しかも、東雲が持ち込んできた大山祇神社の一件以来、彼とは連絡を取っていないから、わざわざご朱印帳を借りて、旅行に持っていくこともできなかった。

会う用事がないのだから、仕方がない。担当とはそういうものだ。

曾祖母の一子にも、いわゆる担当と呼ばれる警察官がついている。現在、県警に勤めている定年間際の堀井《ほりい》という刑事だ。

一子も普段はその堀井と特に連絡しあっているわけではない。そうそう警察の手を借りなければならないような案件が起こるわけではないのだ。

なので、百々が東雲と連絡を取らなくても当たり前である。

とはいえ、東雲へのお土産のことを考えると、どうも百々の気持ちは暗くなる。

放課後、いつものように学校から自転車で佐々多良神社に向かう。手早く巫女装束になり、懐にスカートのポケットから取り出した香佑焔憑きの御守りを突っ込む。そのまま社務所に声をかけ、境内に出た。

やることはたくさんある。日々の巫女としての仕事は自分に課せられた修行の一つだと、百々は思っていた。

「百々ちゃん」

どうしようかなーなどと考えながら、拝殿前のごみを拾っていた百々は、声をかけられて顔をあげた。

「あ、華《はな》さん」

「百々ちゃん、お土産ありがとう。修学旅行、楽しかった？」

そこに立っていたのは、同じ巫女姿の女性だった。

彼女の名は、桐生華《きりゅうはな》。

百々と同じく佐々多良神社の巫女だが、平日は朝夕だけの百々と違い、昼間も巫女としてこの神社で働いている。

年齢はちょうど二十歳と百々は聞いていた。

長い髪を後ろできっちりまとめて縛り、前髪はちょうど真ん中からきちっと分けている。時おり、「名前負けしてるの」などと寂しそうに話すように、「華やか」というよりはどちらかというと地味でおとなしい印象の女性だが、人当たりがよく仕事に対して真面目なので、周囲から好かれていた。

十七歳の百々にもよく声をかけてくれて、一人っ子の百々は華が本当のお姉さんだったらなあと思うこともあった。

「えへへ、ありふれたお土産でごめんなさい。なんか、お土産屋さんで見ると、すっごく素敵に見えちゃって」

「ううん、私、匂袋《においぶくろ》好きよ。嬉しい」

西陣織の袋に包まれて、土産物屋で売られていた匂袋。

香水や、雑貨店で売っているポプリの入った可愛いサシェなどとはまた違った香りと、薄桃色に白い花模様の生地が気に入り、百々は華への土産として買ってきていた。

「百々ちゃんの言うこと分かるー。私も高校のとき修学旅行で扇子買っちゃって。高校生って、扇子なんか使わないのにね、つい」

「お土産ってだけで、どれもよく見えちゃうんですよね。もうちょっとお小遣い多めに持っていけばよかったんだけど」

学校から提示されたおおよその限度額に、ほんのちょっとだけ上乗せして持っていった百々だが、律儀に金額を守っている友人などいなかった。親が、「もしものことがあるかもしれないから念のために」と多く持たせてくれた者もいたし、自分で普段の小遣いを余分に財布に入れてきた者もいた。友人の中で、百々の財布の中身が一番寂しかった。

夕刻、外は冷える。

もうそろそろ上がる時間なので、二人は連れだって社務所に戻った。

社務所の入り口で百々は、佐々多良神社の宮司の長女であり、自分と同い年の史生《しお》とすれ違った。

史生は、市内の私立高校に通っている。

「あ、しぃちゃん」

百々は声をかけたのだが、史生は完全に無視して出ていった。

「史生ちゃんとまだ喧嘩中？」

心配そうに華に尋ねられて、百々はいやぁと頭をかいた。

「喧嘩してるつもりはないんだけど、なんか嫌われちゃって。私、気づかないうちに失礼なことしてたのかな」

そんな覚えはないのだが、史生本人が理由も言わずに嫌悪を露わにしてくるので、どうにも謝りようも改めようもない。

高校入学と共にこの佐々多良神社で代々宮司を務める佐多家に下宿し、登校の前と下校の後、神社に寄って巫女として働いていたのだが、史生の怒りを買ってしまい、事態を穏便に済ませるために、現在百々は曾祖母の一子の紹介で市内の別の場所に下宿しているのだ。

「うーん、百々ちゃんが誰かに失礼なことをするようには見えないんだけど」

「私、結構失礼なこと言いますよー。特にね！　今、下宿してるとこの斜め向かいにある稲荷神社のバカ息子！　そいつが超失礼な奴でね！」

東雲に会えないというのに、最近は何故か幸野原《こうのはら》稲荷神社の宮司の息子である幸野卓人《こうのたくと》と会うことが多かった。

朝は百々が早く下宿を出るために会わないが、高校からの帰りに佐々多良神社に寄り、帰宅部にしては遅く戻ってくると、どういうわけかタイミングよく会うのだ。

出会った頃は、父親の目もあり「加賀さん」と呼んでいた卓人は、最近なれなれしく「加賀」だの「百々」だの呼び捨てにしてくる。

悔しいので、初めは「卓人くん」と呼んでいた百々も当てつけるように他人行儀に「卓人さん」と呼ぶことにした。

「って、他人行儀とかって、当然ですよね！　あいつ、他人だし！」

着替えながらも、卓人の愚痴が止まらない百々に、華が笑った。

「ふふふ、本当に珍しい。百々ちゃんが誰かのこと、こんなにしゃべるなんて」

「それだけムカつく奴なんです！　華さんも、幸野原神社には行かない方がいいですからね！」

営業妨害のようなことを言う百々を咎《とが》めるかのように、履き替えたスカートのポケットで御守りがばちっと跳ねた。

稲荷の神使である香佑焔の前で、稲荷神社に行くなと言う百々を嗜めたのだ。

『何よ、香佑焔。そんなに卓人さんのこと嫌うなってこと？　それとも、稲荷神社に行くなってこと怒ってんの？』

百々は、ポケットの上から御守りを軽く叩いて、コートを羽織った。

百々の自転車が停めてある駐車場まで、二人で歩く。

「じゃあね、百々ちゃん。また明日。気を付けて帰ってね」

「はい、華さん。それじゃ」

華の実家は、神社の側の繁華街の中にある。アーケードの下に商店が立ち並ぶそこは昔ながらの商業地域で、最近は郊外にショッピングモールができたせいか、客足が遠のいてやや寂れぎみだ。

その中の洋菓子店が、華の実家なのだ。

信号を待つ華と別れ、百々は自転車のペダルを思いきり踏み込んだ。風を切って走ると、体はともかく指先が冷えていくのが分かる。手袋をし忘れていたことに気づき、百々は自転車を止めて、コートのポケットから水色の手袋を取り出した。指を入れると、ほんわかと暖かい。それに気分をよくして、百々は再び自転車を漕いだ。

下宿に到着すると、今日はどうやら卓人に会わずに済んだらしいことにほっとして、「ただいまー！」と元気よく玄関に入った。女主人の紀子の顔を見て挨拶をし、手洗いとうがいを済ませてから、二階の自室に上がる。

着替える前に、制服のスカートのポケットから、ジーンズのポケットに御守りを移そうと取り出す。

「もー、さっきは何で不機嫌になったのよ、香佑焔」

御守りに向かって声をかければ。

『幸野原稲荷神社に行くなとは、どういう了見だ。宇迦之御魂神様の元に行くことを妨害するとは、なんという浅慮《せんりょ》な！』

「だって！　卓人さんがムカつくんだもん」

『あそこの息子とおまえがどうであれ、あの生真面目な父親宮司も神社も悪くなかろうが』

御守りから諭してくる香佑焔の言い分が正論だと分かりつつ、あの失礼な息子と華を会わせたくないと思う百々は、素直にごめんなさいと言えなかった。

御守りを乱暴にポケットにつっこみ、階下に降りていった。香佑焔もそれ以上の説教を諦めたらしかった。

この日も、百々は紀子の手料理を堪能し、皿洗いを引き受けてから、風呂を使わせてもらった。

あの幸野原稲荷神社での凄惨な一件が終わってから続く、穏やかな日常。

それが、今日までだとは、百々も気づかなかった。

翌朝、百々が登校前のお勤めで佐々多良神社に着くと。

「おはようございます」

「ああ、おはよう、百々ちゃん」

「あの……それ、絵馬ですよね」

史生の父親であり、ここの宮司である佐多秀雄権宮司《さたひでおごんぐうじ》が、手に一枚の絵馬を持って社務所に入っていくところだった。何か書き込んであるのが分かる。

百々は、首を傾げた。

本来、絵馬は願い事や自分の決意などを書き、絵馬掛け所に掛けていくもの。神社はそれをお焚き上げし、それによって、神様にその願いごとが届き、叶いますようにとの祈りをこめたり、願い事が叶ったことの感謝の気持ちをこめたりする。だから、誰かが奉納していった絵馬を一枚だけ外してくるということは、本来ないはずなのだ。

「ああ、これは……」

秀雄権宮司は、気まずそうな顔になった。

おそらく、百々や他の人が来る前に、持っていきたかったのだろう。

「いや、何でもないんだ、そう、紐が、ね」

「紐？」

「切れて落ちていたから、付け替えようかと思って」

切れているようには見えないが、と百々が覗き込もうとしたが、秀雄権宮司はそれをさっと反対側の手に持ち替えて、さっさと中に入ってしまった。

何となく不自然さを感じるものの、百々はそれ以上追及しなかった。そんなことにかかわっている時間はないからだ。手早く着替えて、竹箒を手に出ていく。そして朝から散歩を兼ねて参拝してくる人たちに頭を下げながら、掃く。

御守りや祈祷受付などは、午前八時を過ぎないと始まらないので、登校前に立ち寄っている百々の他にまだ巫女たちは来ていない。華など他の巫女と会うのは、学校からの帰りか、昼間も働く土日祝日に限られる。

時間いっぱいまで掃除をすると、百々は急いで着替え、高校に向かった。

「なんだろうなー……あの絵馬、何かあるのかなー」

登校し、午前中の授業をこなして昼食になると、百々は急に朝のできごとが気になった。

ぽつりと漏らすと、周囲の友人たちが食いつく。そして百々の漏らした一言から、話題が広がる。

「絵馬？　絵馬って、あの神社に掛けてあるやつ？」

「最近さあ、絵馬なのに馬の絵じゃないんだよ。キャラクターものも出ててさあ」

「私！　正月に、今年もスイーツ食べまくりたい！　って決意表明した！」

「うわぁ、希乃子《ののこ》、神様困らせてるよ」

ぽっちゃり気味の友人のスイーツ好きは、神様にお願いするほどなのかと、他の友人たちは呆れた声をあげた。その中で、百々が話に乗ってこないので、友人らは自然と百々をせっつくことになった。

「ちょっとー。また何かあったんでしょー」

「言ってしまえ！　言えば楽になれるぞ！」

「楽にって、私ゃ何かの犯人かっ」

反論しつつ、百々は今朝のことを話した。

「どう思う？　一枚だけ外してくって」

話を聞き、百々から尋ねられて、友人らが口々に思ったことを言う。

「そりゃー、超エロいこと書いてあったんだよ」

「殺人予告！」

「妥当なとこで、お願い事の他に住所氏名まで真面目に書き込んでた個人情報駄々漏れな絵馬だったから、人目から隠したとか？」

「宮司さんの秘密の情事の連絡手段！」

さすがに最後の一言は聞き捨てならず、百々は希乃子の胸ぐらを掴んだ。

「希乃子、そこになおれ。いくらなんでも、宮司さんに失礼ってもんだ！」

それを友人らがまあまあと宥めつつ、やはり失礼だと思ったのだろう、代わりに希乃子の頭に友人代表で友紀恵《ゆきえ》がチョップをくらわせた。

体育会系の友紀恵は、友人たちの中でも特に言動も行動も厳しい。

「希乃子の無礼はともかく、今日帰りに神社に寄ったら、自分で確かめたらいいじゃん」

「宮司さんに聞くとか、他の絵馬を見てみるとかさ」

「他の絵馬か……」

そんなことは考えもしなかった。

絵馬が焚き上げられるのは、百々がいない平日の昼間だったり、百々に別の仕事があるときだったので、直接かかわったことはないし、自分の仕事ではないと思ってきた。それに人の絵馬を読むのは、失礼なことだと思い、絵馬掛け所にもあまり行かなかった。

「……見てもいいのかな」

「そりゃー、それをネタにして広めたらダメだろうけどさ」

「あそこに掛けるってことは、誰かに見られること前提じゃん？　神主さんじゃなくったって、掛けに来た他の人が、前の人のを見るかもしれないしさ」

だからと言って自分が読んでもいいのかと言われれば、百々はすっきりとは肯定できなかった。なので、もう一度秀雄権宮司に尋ねてみることにした。

いつものように、学校から直接神社に来て、社務所の奥で着替える。

他の神主や巫女たちに挨拶をしながら、百々は秀雄権宮司を探した。

「どうしたの、加賀さん」

百々がきょろきょろしていると、昨年から佐々多良神社に奉職している若い神主が、声をかけてきた。

百々が、秀雄権宮司を探していると言うと、華を連れて奥の応接室に行ったと教えてくれた。さすがにそこに押し掛けるのはどうかと思い、諦めて拝殿の清掃に行こうとしたところ、呼び止められた。

「待った待った。加賀さんが来たら、通してくれって言われてるんだ」

「へ？　私を？」

普通に社務所内の事務室で話すのではなく、掃除の最中に境内で立ち話をするのでもなく、華とともに応接室。

百々は、きょとんとしたあと、教えてくれた若い神主に慌てて頭を下げ、応接室に向かった。

「え、と、失礼します。加賀でーす……」

声をかけてから、そっと百々が障子戸を開けると、そこには秀雄と華がいた。華は強張って怯えた表情を浮かべており、二人の間のテーブルには、絵馬が何枚か置かれていた。

「そこに座ってくれるかな」

秀雄に言われるまま、百々は華の隣に座った。

顔色の悪い華を心配しつつ、同じく深刻そうな表情の秀雄に緊張する。

「百々ちゃんは、確か警察に知り合いの人がいたね？」

「は、はいっ！」

東雲のことを指しているのはすぐに分かった。秀雄は、東雲が佐々多良神社に来たときに会っている。

百々にとって、東雲は知り合いと言えば知り合いだが、かといって、用もないのに連絡を取り合うような仲でもない。東雲は、元々「百々担当」と呼ばれて四屋敷に連れてこられたが、それは「一子担当」の堀井がそうであるように、警察が乗り出さなければならない事案に百々がかかわったときだけだ。

秀雄は深刻そうな表情のまま、百々にこう告げた。

「その方に連絡を取ってもらうことは、できるだろうか」

「あ、はい。連絡先は聞いてますし、職場も」

確か、と警察署の名を出したら、隣の華の握られた拳に力が入った。

きつく握りすぎて、指が白くなっている。

「あ、あの！　あの！　すぐに連絡しますけど！　来てもらうには、理由言わないと……えと……」

東雲なら、百々からの電話を受けて「すぐに行きます」と言ってくれるだろう。百々が些細なことで呼び出すわけがないと思ってくれているのがありがたかった。

なので、逆に、ただ来てくれと言うのは、気が引ける。

「桐生さん。百々ちゃんにも見せていいね？」

秀雄に聞かれた華は、小さく頷いた。

「百々ちゃん。その絵馬を見てくれるかな」

秀雄が、目の前の絵馬を指しているのは分かった。百々は、読むことを許されたのだと理解し、その中の一枚を手に取った。

「……げ」

そこには、およそ絵馬に書くにふさわしいとは思えない内容が綴られていた。


『今日の華っち。

やっぱり巫女さんの格好が一番似合うのは、華っちだね。

なんて神々しいんだ、君は。

他のやつらはブタ同然。

神様に仕えていいのは君だけだよ。

ああ、華っち、華っち、僕の女神。

きっと白無垢も似合うんだろうなあ』

「な、なな、何これ、うわ……っ」

百々は、思わず絵馬を落としかけた。嫌悪感丸出しにしながらも、指先で他の絵馬もつまみ上げた百々は、今度は「ひゃあ！」と叫んだ。

『華っちは俺の嫁』

『髪の毛一本でもいいからほしい、しゃぶりたい』

『他のドブス巫女滅べ』

「おまえが滅べーっ！」

思わず叫んで床に絵馬を投げつけた百々は、さすがに秀雄に嗜められた。

「まあ、内容が内容だから、百々ちゃんの気持ちも分からなくもないし、衝撃だっただろうけれど、本来は奉納される絵馬なわけだから」

「ううう……すいません」

絵馬自体に罪はない、しかし内容は罪だ。

こんなものがいくつも見つかったのでは、華もさぞ気分悪かろうと思ったところで、百々ははっとした。

「もしかして、今朝佐多のおじさんが持ってた絵馬って……あ、華さん、あのね」

神社ではなるべく「権宮司さん」と呼ぶように心がけていたが、以前下宿でお世話になっていたこともあり、ついその時の「佐多のおじさん」という呼び方をしてしまった。

慌てて訂正しようとする百々を、華は「分かっているから」と宥めた。

以前、百々が佐多家に下宿していたことは、佐々多良神社に奉職している者の間ではかなり知られていたし、高校生の百々がこうも毎日神社に通っては巫女として働いているのも確かに不自然な話ではある。中には、百々は佐多家の遠縁の娘だとか、親戚でどこかの神社の跡継ぎだとか言われていた。

「こんなもの、他の参拝客の目に触れさせたくないだろう？　それに、桐生さんにも不快な思いをさせる」

思えば、これだけ何枚もあるということは、以前から見つかっており、そのたびに秀雄が取り外していたのだろう。

「奉納していただくにしては、内容が内容だし、お焚き上げしたいかと言われれば非常に不愉快な内容だからね。私にも娘がいるから、父親の立場からしたらこんなものが書かれるというのは許しがたい」

史生の父親でもある秀雄は、ふだんは誠実で人当たりのいい顔を不快そうにしかめた。

「それに、もし他の参拝に来られた方々がこれを見て、桐生さんをはじめとする巫女さんたちによろしくない気持ちをもつのも避けたいし、中には桐生さんが誰か確認しようとする人が現れるかもしれない」

それが、どれほど華にショックと屈辱を与える行いであっても、そうとは思い及ばない人もいないわけではないのだ。

親切心を装って、あんなものがありましたよと教えてあげる、とか。

そんなに美人なら、自分もお近づきになりたい、とか。

神社への参拝理由からほど遠い行いを触発しないとも限らないのだ。

「最初に見つけたときは、たまたま桐生さんを見かけた誰かがいたずら半分で書いたのかと思って、外させてもらったのだが」

その後も続いている、いや、見つける頻度が高まっているというのだ。

「こんなことなら、早々に桐生さんに告げて、警察に届け出るんだった」

華が、小さな声で「いいえ」と言いながら、少しだけ首を横に振った。

「権宮司さんは、私がショックを受けないように気遣ってくださったので、ありがたいです。でも、どうしてこんな……他の人の方がもっと綺麗なのに」

自分を卑下するような言葉に、百々が思わず反論した。

「そ、そんなことないよ！　華さん優しいし、みんなのことよく見てて手伝ってくれるし、誰よりも立派な人だもん」

髪だって、百々が羨ましくなるくらい艶々としたストレートヘアーだ。ふんわりとしていると言えば聞こえはいいが、どうも猫っ毛気味の百々としては華や史生のような真っ黒でまっすぐな髪に憧れる。

それに、華は自分のことを地味だと思っているが、ふだんからほとんど化粧をしていない華の容貌はどちらかというとおとなしめなだけで十分整っている。むしろ、これで上手くメイクをしたら、びっくりするくらい華やかになりそうで百々はそれも羨ましく思っていた。

「こうなると、ストーカーと変わらないからねえ。桐生さんに何かあってからでは困る」

「ですよね！　私、相談してみます！」

百々は、更衣室として使っている部屋に戻り、携帯をバッグから取り出した。どこの警察署か分かっているが、他の警察官が出たら対応に困る気がして、百々は東雲個人の番号にかけた。

二回のコールで、すぐに東雲が出る。

『はい、東雲』

「あ、あの！　加賀です！　えっと、加賀百々です！」

きっと東雲の携帯にも、登録された自分の名前が出ているから分かるだろうと思いつつ、久しぶりなのでつい緊張して、声が大きくなってしまった。

『ご無沙汰してます』

「ご、ご無沙汰してます」

『行きます。どこですか』

「へぁっ？」

理由も聞かず、いきなり「行きます」と言われ、百々は変な声を出してしまった。その声に、自分で赤面する。

「い、いいい行きますって、私、何も……！」

『そういうことではないんですか』

そういうことだけどさ！ と百々は心の中で叫んだ。

お互い、「百々担当」というのはどういうことなのか知らないまま紹介されているので、東雲はどうやら百々から呼ばれたらすぐに行動して力になるものだと理解してしまったらしい。行動が早い、フットワークが軽いということを、ありがたがればいいのか、もうちょっと話を聞いてと止めた方がいいのか分からず、百々は携帯越しにあたふたした。

「えっとですね、今回は私ってわけじゃなくて」

『？ では、四屋敷さんの方ですか？』

「そうじゃなくて、佐々多良神社のことなんです。いや、違うな。えっとね、一緒に巫女さんをしている人のことなんです」

もう夕方、東雲は勤務時間を終えただろうか。だとしたら本当はこれ、個人的にお願いするよりきちんと警察の窓口に届けるのが筋なんじゃないだろうかと思いつつ、百々は電話口で東雲に説明した。

絵馬に書かれていた内容は、あまりにも気色悪く腹も立って、具体的に説明できなかったのだが、やはり神社絡みだからか。

『すぐに行きます。今、車に乗りましたので、一旦切ります』

「いつの間に！　ああっ！　切れた！」

　上手く説明できなかった気がする、と切れた携帯を握りしめて、百々はがっくりして、複雑な気分になった。

　呼び出していいものかどうか自分は葛藤したのに、東雲は迷いもせずにこちらに来る。四屋敷絡みでも神様絡みでもないのに。

「私、気軽に連絡しちゃったかなあ」

　どう思う、香佑焔、と尋ねれば。

『あの男と連絡を取れと望んだのは、権宮司だろうが。そして、来る判断をしたのは向こうだ。おまえが気にすることはない』

「けどさぁ……」

『土産も渡せて一石二鳥ではないか』

「そんなことのために呼んだんじゃないもん！」

　御守りから話しかけてくる香佑焔にぷぅと膨れるものの、土産をまだ渡していなかった百々は、ずっと鞄に入れて持ち歩いていたそれを出して、今日こそは渡すぞと懐に入れた。

　部屋に戻って、すぐに来てくれますと告げると、秀雄は安堵したような表情を浮かべ、華はいっそう体を縮こまらせた。

「ごめんなさい、百々ちゃん……私なんかのために」

「そんなことないよ！　華さん、被害者だもん！」

百々は、華の隣に座って、泣きそうになっている彼女の背を撫でた。

しばらくすると、若い神主が来客を告げに来た。

秀雄がここに通すよう指示を出すと、ほどなくして東雲が入ってきた。

「失礼します」

三人が立ち上がるのと、東雲が直立不動の姿勢から深く頭を下げるのが、ほぼ同時だった。

「いや、すみません、こんなところまでおいでいただいて。非常に申し訳ない」

東雲の生真面目な挨拶に、秀雄の方が気圧され、こちらも何度も頭を下げた。

華も、頭を下げたまま上げられない。

「東雲さん、ごめんなさい。わざわざ来てもらって」

「かまいません」

いつもなら「加賀さん担当なので」と続く東雲の言葉がそこで終わったので、百々は胸をなでおろした。そんなことをここで言われたら、二人にぎょっとされるだろう。

ただ、相変わらず実直な様子だった。

秀雄から勧められ、東雲は百々の向かい、秀雄の隣に座る。お茶は、秀雄自らが用意しにいった。テーブルの上に置かれた絵馬を、他の神主や巫女たちに見られたくないのだろう。

秀雄が部屋からいなくなると、東雲は目の前の絵馬を見た。一枚一枚、丁寧に目を通す。

華が辛そうな顔になって徐々に俯く。書かれているのは、身に覚えのない内容なのだ。

それが秀雄の目に入るだけでも辛いのに、警官とはいえ見ず知らずの男性に読まれる。相談する覚悟は、華も決めていたはずなのだ。おそらく、百々が神社に着く前に、秀雄と華で。

しかし実際にこうなると、予想以上にショックだったらしい。

「華さん……大丈夫。大丈夫だからね。東雲さん、すっごく頼りになる刑事さんだからね」

百々は、片手で華の手を握り、もう片方の手で背を撫でて励ますことしかできなかった。

やがて。

「いわゆる、ストーカーですね」

東雲が、そこに置かれたすべての絵馬を確認してから、言った。

そうだろうなとは分かっていても、警察官という立場の東雲からずばり言われると、百々も華も恐怖と不快感がいっそう強くなった。お茶と茶菓子を持って入ってきた秀雄は、東雲の様子からもう話は始まっていると判断したらしい。

「私が見つけた限りは取り除いたんですが」

絵馬の焚き上げは、毎日あるわけではない。祝日や日本古来の伝統行事の前後で絵馬の数が増減するので、それに合わせて行われる。また、年末年始の参拝時もそうなら、受験期になればまた増える。

逆に、あまり行事のない月は、絵馬の数が少なくなる。

「この時期、七五三などがありますもんで、子の成長を願う絵馬が多いです。さらに受験もそろそろ推薦が始まってますんで、そういったものも増えてきます。ですから見逃しているものもあるかもしれません」

もちろん、普通にお願い事を書いた絵馬もあるし、恋愛関係の内容のものもある。ようは、書く側が季節や時期、行事などにこだわっているかどうかなだけで、いつ誰がどのようなものを書いてもいいのだ。

そんな中、この絵馬は非常に異質だったことだろう。

神様への願いでもなく、決意でもなく、華へのメッセージ。自分の一方的な妄想の吐露。それがつらつらと書き連ねてあるだけのものなのだ。

「この場合、正式に警察に届け出をしていただくことになりますが、おそらくすぐにどうこうということは期待できないと思ってください」

「えっ！」

驚いた声をあげたのは、百々だけで、むしろ華は、やっぱりと呟いてさらに俯き、秀雄も同様にあまり驚いた様子を見せなかった。

「な、なんで？　これ、犯罪ですよね！」

「残念ながら、この時点では捜査の対象となりません」

東雲いわく。

絵馬のみに妄想を書き散らすだけでは、緊急性が高いと判断されないということ。直接的な被害、たとえば私物が盗まれる、逆に不適切なものが贈られる、つけ回される、手紙やメールや電話などが頻繁に一方的に送られる、声をかけてくる、などは確認されていないこと。

「そこまで行ったら、華さん危ないじゃないですか！」

「そこまでエスカレートすれば、こちらも相手を特定して直接本人に注意、警告、罰金など対処します。また、同様に相手が判明している場合、弁護士を間に立てての話し合いや被害届の提出、示談もできますが、その場合は費用がかかります」

淡々と説明する東雲。彼に頼めばどうにかなると安直に考えていた百々は、納得しきれず憤慨した。

「ニュースになってたこともありますけど！　ストーカーされて、警察に届け出ても何もしてもらえなくって、結局襲われちゃったって人、いるじゃないですか！　東雲さん、それでいいの？」

熱くなっていく百々に対し、東雲は微動だにしない。

「いいわけではありませんが、それが現状です。申し訳ない」

「申し訳ないですませないで！」

「百々ちゃん、落ち着きなさい」

さすがに見かねた秀雄が、百々を制止した。

「そうではないかと思ってはいたんですが、百々ちゃんのお知り合いの警察の方ということで、もしかしたらと安易に連絡していただきました。本当に申し訳ない」

「いいえ。市民の皆さんからの相談は、どのような形であれありがたいです。望むようなお力になれず、心苦しい限りです」

表情を一つも変えず、宮司に頭を下げる東雲に、百々は失望にも似た気持ちになった。

百々が黙り込んでしまったので、東雲は華と秀雄にこれからどうすべきか話した。

「まずは、届け出をしてください。私はこちらの地域の管轄ではありませんが、同じ生活安全課で頼りになる警官を知っていますので、話を通しておきます」

たとえ捜査してもらえなくても、新たなストーキング行為が発覚したら、繰り返し訴えてくださいと、東雲は付け足した。

「桐生さんご自身も、ご自分で記録をつけることをおすすめします。不愉快でしょうが、大事なことです」

「は、はい」

「それと、桐生さんの勤務を変更することはできますか」

それは、秀雄相手になされた問いだった。

「社務所内での仕事に限ることは可能でしょうか。境内の中とはいえ、お一人で人気のない場所での作業は避けた方がいいです」

「はあ、それはできるかと。祈祷の手伝いに回ってもらいます。受付などの窓口はしても？」

「一人でなければ。むしろ、外でなかなか姿を見かけられなくなる分、直接接触しに来るかもしれませんので、何度も訪れる不審な参拝客がいたら覚えてください。何かあったら、近くにいる人に助けを求めること。いいですね」

華は、東雲に言われるたびに、こくこくと頷いた。

「ご自宅から神社までの道は、十分明るいですか？　人気のない道はありませんか？」

「最近は日が短くなってますから……でも、自宅までは大丈夫だと思います」

華は、自宅の住所を口にした。この神社は古くからある繁華街に近い。華の実家は、その中にある洋菓子店だった。昔からある定番のショートケーキやモンブランなどがメインで、客層は小さい頃からの味を求める中高年である。神社から歩いて十分ほどだ。

「ご自宅から神社まで、ほぼ直線ですね。帰宅があまり遅くならないようにしてください。毎日歩くルートと時間帯が同じということは、ストーカーが待ち伏せしやすくなりますし、桐生さんの生活のリズムも簡単に把握されます」

「そんな……っ、それじゃあ遠回りして道を変えた方が……」

「道を変更して今より人気がない場所を歩くのは危険です。しかも、一人で外にいる時間が長くなることになります」

今、華が徒歩で通っている道が自宅から神社まで最短なので、そこは変更しないよう東雲が指示した。

「ご家族にも説明してください。できますか」

「は、はい。でも……」

華は、自分の家族のことを思い浮かべたのだろう。切なそうな顔になった。

「神社の仕事を辞めなさいって言われるかもしれません」

「ご家族は桐生さんを心配して、そうお考えになるかもしれません。それも一つの案です」

そんな！　と百々が割り込みかけたが、東雲は話し続けた。

「ただ、ここのお仕事を辞められてご自宅に引きこもられても、桐生さんお一人が多大な苦痛を味わうだけになります。いつストーカーが諦めるか分からない状況で、そのような生活が長くなるのは、桐生さんの人としての尊厳と人生の貴重な時間の一部を奪うことになります。お勧めしません」

だから、と東雲はあくまでも案ですが、と語る。普段、口下手で言葉が少ない東雲が、仕事となるとこんなに話すんだと、むくれながらも百々は少しだけ感心した。

「朝は、なるべく人が外で活動する時間帯にこちらに向かってください。帰りは、加賀さん」

「ひ、ひゃい？」

不貞腐れそうになっていたところに、急に東雲から名前を呼ばれ、百々は変な声を出してしまった。

「未成年の加賀さんにお願いするのは心苦しいのですが、帰りは桐生さんの店の前まで送れますか。加賀さんには少し寄り道になりますが、自転車なので帰宅時間がそう遅れることにはならないと思います」

「や、やります！」

「でも、百々ちゃん、そんなことまでしてもらったら申し訳ないわ」

「いいの！　私で役に立てるんだったら、やらせて。でね、でね、たまにはお菓子買わせてね」

下宿先のおばあちゃんのお土産にするんだと百々が言えば、華の瞳が潤んだ。そのまま気まで緩んで泣き出しそうになったところを、東雲が釘を刺すかのように続ける。

「ただし。いつも加賀さんがついているのを疎ましく思われて、加賀さんに対して何かしてくる可能性もあります。なので、十分注意してください」

初めて、ほんの少しだけ、東雲が眉根をぎゅっと寄せた。一瞬のことだったが、百々はそれを見た。

ああ、東雲さん、本当は私にさせたくないんだ。

華のために百々が動き、その結果百々に災厄が降りかかるようなことになるとも限らない。未成年の百々がそうなりかねない案を出したことを、東雲は本当はよしとしていないのだ。

「どなたかご家族で送り迎えできる方がいれば、そちらを優先してください。お父さんやお兄さんはいかがですか」

東雲の問いに、華は首を横に振る。

「兄はいません。姉だけですし、今、家を出てます。父は店をやっていますので、毎日出るわけには」

「では、定休日だけでもお願いしてください」

ご家族に話しづらいようでしたら、自分が一緒に行くこともできるし、権宮司に同席してもらってもいいと言うと、秀雄も頷いた。

「桐生さんのご家族は昔からの氏子だし、ご実家からよくお菓子もいただいています。私も一緒に行って、ご家族にご説明しましょう」

何と言っても、絵馬で発覚した今回のことは、神社での出来事なのだ。しかも、華の巫女姿云々と書いてあるからには、佐々多良神社が無関係を通すことはできない。

「自分ができるのは、この程度の提案のみです。お力になれず、本当に申し訳ない」

長い説明と指示を終え、東雲は深々と頭を下げた。

「こちらこそ、聞けばこちらの地区の警察署にお勤めではないようで。つい百々ちゃんのお知り合いというだけでご相談してしまいました。申し訳ありませんでした」

「いいえ、市民の皆さんからのご相談です。誠意をもって対応させていただくことが正しいかと」

東雲は自分の名刺を出すとその裏に紹介する警官の名を書き、手帳を取り出してをれを見ながら連絡先の電話番号も書き加えた。それを華に渡す。

「よろしければ、連絡を取ってみてください」

「は、はい！　ありがとうございます！」

華は目を潤ませて、名刺を抱き締めるように握りしめて胸に押し当てた。不安と恐怖でいっぱいで、しかし具体的にどうすればいいのか、分からなかったのだろう。

東雲のアドバイスは根本的な解決法ではなかったが、少なくとも対処法ではあった。

出された茶だけ飲み干し、東雲は立ち上がった。そのまま帰ろうとするので、百々は慌てて秀雄に「えと、お見送りしてきます」と後ろからついていった。修学旅行のお土産のことを早く切り出さなきゃと思いながら、そのまま駐車場まで来てしまう。

「あの、ですね、東雲さん」

それではと、車に乗り込もうとしていた東雲に、百々は慌ててお土産の御守りの入った小さな白い紙袋を差し出した。袋には、購入した神社の名が朱色で印刷されている。

自分に差し出された紙袋と百々を無言で見比べる東雲に、百々は赤くなった。

「や、これはその、修学旅行に行ったから！　大おばあちゃんたちにはお菓子買ってきたんだけど、東雲さんにはいつ会えるか分からないから、御守りにしといたんです。こ、混んでて、時間もなくて、ちゃんと選んでられなかったけど」

グループ行動の際に購入したので、友人たちに待ってもらっての買い物。

しかも他の観光客もいて焦り、近くにある御守りを購入してきただけなので、東雲のために吟味したとは言い難いのが申し訳ない。

「ありがとうございます」

丁寧に両手で受け取る東雲。

そのまま袋から取り出すが……。

「…………」

「いやぁぁぁぁ！　信じられない！　わあああああん！」

百々は、それこそ首や耳まで真っ赤になりながら、東雲の手から御守りを奪い取った。

御守りは御守りでも、「安産御守」の刺繍入り。

慌てて手を伸ばして掴んだそれは、確か「健康御守」だったはずなのに、隣のものを掴んでいたらしい。

よりにもよっての大失敗に、百々は半泣きになった。

胸元に差し入れている御守りから、香佑焔のさも嘆かわしいと言わんばかりのため息が聞こえてきて、恥ずかしいやら自分自身が腹立たしいやら。

「ごめんなさいごめんなさいごめんなさい！　変なもの渡してしまって、あああ、もう私のバカ！」

「加賀さん」

「ください」

「……へあっ？」

びっくりしすぎて、百々は目を丸くしたまま固まってしまった。

え、東雲さん、何て言った？　くださいい？　安産なのに？　くださいって言った？　安産安産あんざ……――。

百々は聞き間違えたかと思ったが、東雲が受け取るために手を出してきたので、ぎょっとした。

「だ、だだだだダメだよ！　だってこれ、安産……っ！」

東雲さん赤ちゃんいないよね、お腹にいないよね、と動転した百々はとんでもないことを口にする寸前だったが。

「御守りに代わりはありません。ありがたくいただきます」

「だ、だって……これ……」

「いただきます」

挙動不審なほどおどおどしてから百々がそっと差し出すと、東雲はそれを受け取り、元通りに袋に入れて背広の内ポケットにしまった。

「ありがとうございます」

間違った御守りを渡しただけなのに、丁寧に頭を下げられて、百々は勢いよく手と首をぶんぶん振った。

「こ、ここここちらこそ！　間違えちゃってごめんなさい！　せっかく東雲さんが来てくれたのに、こんな、お見送り、よりによって、あうう……」

あまりにもしまらない。

百々は、がっくり肩を落とした。

「自分のほうこそ、申し訳ありませんでした」

「はいっ？　な、何が？」

失敗したのは自分なのに、今度は東雲が謝ってきたので、百々はいつまでたっても気持ちが落ち着かない。東雲は、その無愛想な表情をわずかに曇らせた。

「本来なら、未成年の加賀さんに、桐生さんを送ることを頼んではいけないのですが」

なんだ、そのことかと百々はやっと落ち着く。

「え、それは私、立候補してもやっちゃいますよ。華さんが心配ですもん」

百々としては、姉のような存在の華の力にどうしてもなりたいという気持ちが強かった。だから東雲を紹介したのに、警察としては動かないだろうと言われ、落胆していた。そのときに東雲から出た提案なので、むしろ張り切っていたこともある。

「自分ら警察の対応が手緩《てぬる》いんで、民間で未成年である加賀さんにお願いするようなことになってしまいました」

「だから、それは……！」

「加賀さんが、桐生さんを手助けしたいという気持ちを利用した形になりました。本当に申し訳ない」

再び、東雲の頭が深く下げられた。

「そ、そんなことを言われたら、私の方こそ謝らないといけないじゃないですか。東雲さん、私が電話しちゃったから、自分の管轄じゃないのにここまで来てくれて……」

百々の言葉に、東雲がわずかに首を傾げた。

「それは、自分が加賀さん担当なので当然なのでは？」

「た、たたた担当って！　違うよ、それ！」

担当だから、呼ばれれば行く。

担当なので、百々に全面的に協力する。

それが、東雲に割り振られた、いわゆる「四屋敷当主担当」としての解釈だったら間違っている！　と、百々は思いっきり手と首をぶんぶんと振った。

「担当って言うのは、ええと堀井さんみたいに」

「堀井さんも、四屋敷さんから呼ばれたら、駆けつけるのでは？」

「え、あ、たぶんそうだけど」

しかし、それは当主の一子が「四屋敷」の「在巫女」として動くとき、その事案が警察も関係してくるような場合だ。

一個人の頼み事で、刑事の堀井を呼ぶことはない。

東雲にも百々にも、担当とは何かの説明はなかった。

だから、東雲も自分なりに解釈してのことだろうが、それではあまりに四屋敷が傍若無人で傲慢すぎる。

「ええと、この間みたいに、神社のこととか神様のことで、私が四屋敷の人間としてお仕事しなくちゃいけないときにお願いするのが本来ですよね」

先日の幸野原稲荷神社の一件。

神社を逆恨みしたある男が、自分の子を虐待し神社に嫌がらせをし、挙げ句に我が子にも百々にも危害を加えようとした。凶器を持っていたこともあり、あれは表沙汰になってもおかしくない事件だった。

そういう時に、四屋敷のことを少なからず知っていて、便宜を図ってくれる存在が警察にいてくれる方がいい。

担当とは、おそらくそういう意味なのだと、百々は思っていた。

「今回は、私が安易にお願いしちゃったことであって、佐多のおじさんも私を通してだったら東雲さんに相談しやすいって思っちゃったからで、本当だったらこっちの警察署に行かなきゃいけなかったわけだし……」

そう、今回は、「四屋敷」案件ではないのだ。

今の時点では。

だから、百々が東雲に連絡してストーカー対策を頼むのは、やや無理があったのだが。

「そこのところは、自分はよく分かりませんが」

東雲は、真摯な態度を崩さなかった。

「相談していただけたことは、ありがたく思います」

「え……」

相談してくれてありがたいと言われ、百々の頬がじわじわと赤くなった。

も、もしかして、頼りにされたかったとか……私から電話したからとかってこと?……キャー!

そんな百々の勝手な心情が、東雲に伝わるはずもなく。

「管轄がどうであれ、警察を頼ってくれたわけですし」

「え……あ、うん、警察、うん」

東雲個人ではなく、警察を頼りにしたことへの礼だと分かり、一瞬でもどきりとした自分が恥ずかしくなって、百々は一層赤くなった。

「そ、そそそうだよね」

「?」

「もちろん! 警察頼りにしてます! 悪い人捕まえてくれるし!」

不自然きわまりない百々の言動だったが、東雲はもう一度頭を下げ、何かあったらまた連絡をくださいと言い残して、車を出した。

東雲の車が見えなくなると、途端に胸元に入れた御守りから声がする。

『信じられん。安産とはどういうことだ。適当にもほどがある』

「わーん! 適当じゃないもん! てか、香佑焔、あの場にいたじゃん! どうして違うっていってくれなかったのよ！」

香佑焔に恥ずかしい失敗を蒸し返されて、百々は今度は別の意味で赤くなって反論するが、あっさり言い返される。

『私がおまえの買い物にいちいち口を出すわけがなかろう。しかも、宇迦之御魂神様ではない尊い御方たちの庭で、私がそう簡単に具現できるはずもない』

「そりゃそうなんだけどー……」

修学旅行で回る先々の神社で。

鳥居を潜るたびに、ぴりぴりとした空気を感じていた百々。

そして、一層身を縮め力を抑える香佑焔を感じた。

神社ごとに、主祭神は違う。

そこに仕える神使も同様。

香佑焔は、元々は稲荷の神である宇迦之御魂神の神使である。いわば、異なる縄張りに入っていくようなものだ。当然、香佑焔の気配にその神社の神使は警戒するし、香佑焔はいらぬ衝突を避けるためにひたすらおとなしくする。その香佑焔に、御守り云々の口出しをする余裕などなかった。

その後、華は秀雄とともに帰宅した。家族に秀雄から今回のことを話してもらうためだ。

その場に百々は居合わせなかったが、翌日高校からの帰りにいつものように神社に来て着替えていたら、華が来て様子を話してくれた。

「両親、すっごく心配させちゃった」

親としては、娘がストーカー行為に晒されているという青天の霹靂《へきれき》の事態に、衝撃を受けないはずがない。親からは「巫女を辞めてしばらく自宅にこもる」という案も出されたが、これは華が拒否した。

今自宅に引きこもっても、その終わりがいつとは知れないのだ。一歩も外に出ず、人間らしい生活の権利を阻害されて、辛い思いをするのは華だけ。しかも我慢に我慢をして、もういいかなと外出した途端、エスカレートした相手に危害を加えられないとも限らないのだ。

「権宮司さんも配慮して、人通りが多くなってから神社に来ていいとおっしゃってくれてるし、お勤めも社務所の中にしてくださるし、帰りは一緒に巫女をしている子がここまでついてきてくれるから」

だから巫女を続けさせてくださいと頼む華に、両親は何度も考え直すよう説得するも、最後は諦めた。代わりに、どうか娘をお願いしますと秀雄に頼み込み、秀雄もできうる限り安全に配慮しますと約束した。

それから、警察に被害届けを出しに行ったという。

「東雲さんの知り合いっていう人に会えたんですか」

「ええ。それがね、女性警官だったの」

「じょ、せ、い？」

思ってもみなかった言葉に、百々が固まった。

女性？　東雲さんが紹介したのが女性……女性警官？

って、何故動揺しているの、私！

気持ちはぐらついていたが、固まってしまったおかげで大声で騒ぐことは防げた。

そんな百々の心の声に、華は当然気づかない。

「東雲さんと同じくらいの年齢の方かしら。もう東雲さんから連絡をもらっているって、丁寧に対応してくださったの。百々ちゃん、東雲さんを紹介してくれてありがとう！」

礼を言われて百々は「いやぁ、そんな」などと言いつつ、内心は穏やかではない。

さらに。

「あ、あのね、百々ちゃん……」

「は、はい？　どしたの、華さん」

百々に呼び掛けた華の声が、急に小さくなったので、百々は何事かと焦った。

やっぱりまだ怖がってるのかな、華さん、と百々が顔を覗き込むと、華の頬がほんのり赤くなっている。

「すごく親身になってくださったので、その、御礼も言いたいし、紹介していただいたところに行きましたって報告をね、したいから……その……東雲さんの電話番号、教えてもらえる？」

「え」

百々は今度は違う意味で固まった。

「名刺、いただいたけれど、これ、職場の電話番号よね？」

華が見せてくれた東雲の名刺。

そこには、警察署と所属している生活安全課の名称、警部補という肩書きが印刷されており、警察署の住所も記されていた。

電話番号は、当然百々が東雲に聞いているものではなく、職場のものだろう。

「いいですけど、東雲さん、別に御礼なんて。それに、職場にかけてもいいんじゃ……」

「でもね、やっぱり、ね、とても助けていただいたし」

一層赤くなってもじもじする華に、百々は先程の女性警官の存在以上の衝撃を受けた。

――ま、まままさか華さん、東雲さんのことぉぉ？

今度こそ、百々の精神の許容量を超えた事態だった。

東雲の知り合いが女性警官だということよりも何よりも。

どうやら華が東雲に恋をしてしまったらしいという事実。

百々は、頬をひくつかせながらも、教えていいかどうか東雲に聞いてみるとだけ言った。

「そ、そうよね。百々ちゃんが勝手に教えたなんてことになったら、百々ちゃんも気まずくなっちゃうものね」

「あ、う、うん、だからね、ちょっと待っててね、ええと、お仕事終わったら連絡してみるから」

えへへと笑いながら、百々はよろよろと社務所の玄関に降り、竹箒を持って外に出た。

手を動かすも、気持ちがまったくこもらない。

心の中で、激しい問答が繰り返される。

――なに、なんで、急に東雲さんがモテ期？　てか、そんなモテ顔じゃないよね、東雲さん、もっこもこのがっちがちの筋肉マッチョみたいな体格だしさ！

でもでもでも、真面目で親切で誠実だから、もしかして、もしかして、もしかして――

実は想像以上にモテてるんじゃないのかなっ、東雲さんて！

百々の箒を動かす手が、ぴたりと止まり、顔が一気にぼんっと真っ赤になった。

その動揺は感情の乱れとして、香佑焔に伝わったらしく。

『どうした、百々。何か不審なことでも』

「ど、どどどうしよう、香佑焔っ！　東雲さんがモテてる！」

『？』

止まってしまった手を、今度は必要以上に忙しく動かしながら、百々は小声ながらも一気に香佑焔に自分が考えたことをしゃべった。そうでもしないと、気持ちが溢れて叫んでしまいそうだった。

話を聞いた香佑焔が一言。

『それのどこがおかしい』

「だって！　あの東雲さんだよ？」

『人の子の成人した男であれば、同じく成人した女と結ばれてどこに不思議がある。人にはそれぞれに見合った時期というものがある。それが来ただけではないのか』

香佑焔にとっては、東雲のことなどしょせん他人事、むしろ何故百々がこれほど騒ぐのかが理解できていない様子だった。

『おまえが橋渡しするのか。ならば、十分気を付けよ。新たな人の縁《えにし》にかかわることとなれば、そこにどのような感情の糸が生まれ絡み合うか分からんのだからな』

「橋、渡し」

その言葉に慄《おのの》く百々に対し、連絡先を教えるということはそういうことではないのかと、香佑焔は気だるそうに応じると、あとは黙り込んでしまった。

それから百々は一人本殿に行き、拭き掃除を終えてから社務所に戻ってきた。

平日にできる奉仕は、非常に限られる。

華より一足先に着替えた百々は、携帯を持って人気のないところに行き、東雲にかけた。

二コール目ですぐに東雲が出る。

「あ、あの。加賀です。昨日はありがとうございました」

東雲はまだ職場なのだろうか。少なくとも、車を運転している様子はない。

真面目な東雲は基本通話しながら運転しない。運転中に電話に出たのなら、どこかに停めるまで待ってくれと言うからだ。

なので、今は話しても大丈夫だろうと判断し、華から聞いた自宅でのこととその後警察に行ったことをすべて報告した。

『桐生さんが届け出をしたことは、向こうの警察から連絡を受けています』

それ、女性の警察官からですよね、とはもちろん百々は聞けなかった。

「それでですね、華さんがきちんと御礼を言いたいから、東雲さんの番号を教えてほしいって」

この番号を教えてもいいか東雲に尋ねたところ、その必要はないと思いますとあっさり断られた。

『警官として相談を受けて当然の対応をしたので、個人的な礼は結構です』

そうじゃない、華さんの気持ちはそういうんじゃないんだよ！　と、百々は言いたかった。

『届け出に関してのことなら、相談した警官に連絡するよう伝えてください。自分に用があるなら、いつでも署の方にかけてきていただいて結構です』

「は、はい。そう……伝えます」

華ががっかりするだろうなと思いながら、百々は電話を切った。

華の仕事が終わり、帰宅するのに付き合う。

自転車を引きながら、百々は華に電話番号の件を話した。必要ないと断られたと聞き、明らかに華はがっかりした様子だった。その姿に、百々はなんだか申し訳ない気持ちになった。

華を自宅まで送り、初めて華の両親に挨拶した百々は、娘がお世話になりますとお礼を言われ、焼き菓子をもらって帰宅した。

下宿先の女主人の紀子にお土産として渡すと、仏壇にお供えしてから一緒に食べましょうと言われた。

「懐かしいわ、このお店。まだあるのねえ」

最近はあまり遠出をしなくなったので、たまに出歩くと馴染みの店がなくなっていることがよくあるのだと、夕食を一緒にとりながら紀子が寂しそうに呟いた。

ご主人を亡くし、自分では車の運転をしない彼女は、普段は近所のスーパーに行くことがほとんどで、そうでなければバスかタクシーを利用するしかない。

「じゃあ、時々お土産買ってきます」

「いいのよ、百々ちゃん。お金は使わないで貯めておきなさいな」

華のストーカーの件や、彼女をお店の定休日以外は送ることになった事情は、紀子に話していない。

余計な心配はさせたくなかった。

だから、今回持ち帰った焼き菓子はたまたまもらったものだと言って渡せたが、華を送るたびに売り物を買ったりもらったりしたら、不審に思われることだろう。頻繁にならないように気をつけなくてはならない。

入浴し、宿題を終えて布団に入る前に、百々は御守りの香佑焔に問いかけた。

「私、華さんを応援した方がいいのかなあ」

東雲は、華に個人の番号を教えることに同意しなかった。それに対し、華の気持ちを代弁してやりたい気持ちと、ほっとした気持ちが同居する。

百々の呟きに、香佑焔は答えなかった。

翌日も、その翌日も。

華は境内の清掃に出ることなく、社務所内の仕事にとどまった。

他の巫女たちが代わりに掃除などを分担することになったので、事前に不満が出ないように、華が体調を崩していて医者からしばらくあまり屋外に出ないように言われたと秀雄がやや苦しいいいわけをしていた。

秀雄のいいわけを裏づけるように、華も今までより遅く出勤し早く帰ることを謝った。そして実家の焼き菓子を数個ずつ可愛くラッピングしたものをお詫びとして配ったこともあり、また、彼女の日頃の仕事ぶりや人柄から、他の巫女たちからの不満やいぶかしむ声はほとんど出なかった。

華が一人で境内に出ることが減り、百々と一緒に帰宅する日々が続いた。

このまま、ストーカー行為が落ち着いてくれればいいと思っていたが……。

一週間ほどたった頃、二人は秀雄に呼ばれた。

「桐生さん。百々ちゃん。ちょっと」

もしや、警察から何か、と二人が社務所奥の応接室に入ると、そこにはまたしても絵馬が二枚。

華の顔色がさっと変わった。

秀雄は、二人に座るように言った。

「私も気を付けて見るようにしていたんだけれど、いつのまにかまた掛けられていてね」

難しい顔で秀雄が差し出した絵馬には、前とは方向性の違う内容が書かれていた。

『僕の嫁ちゃんを隠すなんて、罰当たりな神社め！　二人の愛は、永遠の絆なのだ！　神様、どうかこの神社に天罰をくだしてください』

それは、この佐々多良神社の主祭神に神社を祟らせようとしている、本末転倒な内容だった。

「バカだね、こいつ！　どう考えても頭悪い！」

そんな願いを神様が叶えるわけないじゃん！　と百々は激しく憤慨した。

「問題はこちらなんだよ、百々ちゃん」

そう言って宮司が差し出したもう一枚の絵馬。

『神様、華っちにつきまとう金魚のフンがいます、身の程知らず。嫁の送り迎えはご主人様たる僕の務めなのに図々しいドブス。どうせ華っちの施してくれるお菓子目当てさ。ブタブタブタ。神様、このブタがとっとと豚小屋に帰ってくれますように』

「ブタじゃなーい！　おまえがブタだ、この野郎！」

秀雄の前だと言うのに、思わず口汚く罵ってしまったが、さすがに前回のように絵馬を床に投げつけるようなことはしなかった。

「百々ちゃんが怒るのも無理はないがね」

百々のストレートな怒りに、秀雄は苦笑するも、すぐに厳しい表情になった。

「どうも、相手は桐生さんを諦めていないね。それだけじゃなく、百々ちゃんが桐生さんを毎日自宅まで送っていってることも知っているし、お菓子というからには桐生さんのご実家まで知っているということだ」

「そんな………っ！」

ショックで、華は両手で口を覆った。

血の気が引き、真っ青になる。

実家を知られているというのは、ようするに「つけられた」ことがあるということなのだ。しばらく一緒に帰っていた百々は、誰かにつけられているなんてまったく気がつかなかった。

それは、華も同様である。

「百々ちゃんに何かしてきたら……！　どうしよう！」

自宅を知られたことより、自分より年下で未成年の百々のことを悪し様に書いてきた方が、華には気になるらしい。これは、東雲も案じていたことだった。

百々の存在が邪魔だと思ったストーカーが、百々に危害を加える恐れもあるのだ。

「二人とも、絵馬だけでこんなに気分が悪くなるのに、本当に申し訳ないんだが」

秀雄が、封筒を出してきた。

今日届いたのだと言うそれは、消印は市内で、宛名はパソコンで打ったものを印刷して貼り付けたものだった。佐々多良神社宛、しかも「桐生華様」となっている。

秀雄は、その封筒を逆さにした。中から、数枚の写真が出てくる。

「い、いやっ！」

「何これーっ！」

そこには、まだ華がストーカー行為に気づかずに、巫女姿で境内を一人歩いている姿や、受付で御守りを渡している姿、そして、百々と一緒に帰る私服姿の写真も混じっていた。

しかも、華が一人で写っているものは、顔が赤いペンで描いたハートマークで囲まれていたり、白いペンで頭に綿帽子やウエディングベールのようなものも描き加えられている。

一方、百々が一緒に写っているものは、なんと、百々の顔を真っ黒く塗りつぶしており、それだけでなくその上に何度もバツ印をつけているのだ。

「そりゃー、華さんに比べたら、私なんぞどーでもいい存在かもしれないけどさ！　消すことないじゃん！」

自分と華の扱いの差に、百々は憤慨するも。

「いや、百々ちゃん、そういう問題じゃない」

秀雄の表情は厳しいままだ。

「これは、あきらかに百々ちゃんに対して攻撃的なものだと思わないか？」

邪魔物扱いだけでなく、それを取り除こう、削除しようという悪意、それを感じるのだと、秀雄は言った。

「も……百々ちゃん！　今日から私を送らないで！　百々ちゃんに何かあったら、私……！」

華の声が、泣きそうなほど震え、潤んでいた。

むろん、百々も怖くないわけではない。

しかし。

「ダメ！　絶対送る！」

「百々ちゃん！」

「だってさ！」

普段学校では友人たちから天然だの、そそっかしいだの、不思議ちゃんだのと言われているが、何かあるとき、その意志は誰よりも強くなる。今の百々がそうである。

百々の毅然とした表情に、華も秀雄も思わず息を呑んだ。

「絵馬をこんなことに使って！　神社にバチを当てろだなんて神様にお願いして！　しかも、今度は巫女さん姿の華さんにこんなひどいいたずら描きをして、私のことは呪ってるんじゃないかって扱いで！　これ、神社に対しても、神様に対しても、すっごく失礼だよ！　こんなやつに負けるなんて、私、嫌だから！」

華を助けたいとか、力になりたいとか。

そんな気持ちもずっと持っていたが。

この絵馬と写真を見て、華だけでなく神社にも祀っている神にもあまりにも失礼すぎると、百々は怒りでいっぱいになっていた。

だが、もちろん怒りだけでどうにかなるはずもなく。

「桐生さんのことだけでなく、うちの神社のことでも怒ってくれるのはありがたいがね。百々ちゃん。私にとって、百々ちゃんは大事な預かりものだ。これ以上危険な目に遭わせるわけにはいかない」

百々の意気込みは、秀雄によって押し止められた。

「とにかく、これを持って桐生さんと警察に行ってくる。百々ちゃん、くれぐれも落ち着いて。そうだ、一応、東雲さんにも連絡を入れておくといい。この写真のことは、桐生さんだけでなく、百々ちゃんにまで危害が及ぶような前兆かもしれないし」

東雲に紹介された警察には、被害者である華と、神社の権宮司である秀雄が行く。

百々は、まだ被害者とは言えなかった。顔写真をマジックで塗りつぶされ、バツをつけられたが、いたずら書きだと言われればそれまで。侮辱するような言葉も、脅迫まではいかない。

二人が警察に向かったあと、百々は東雲に電話をかけた。

新たな絵馬のこと、そして封筒に入っていた写真のこと。

百々が語り終えるまで、東雲は口を挟まなかった。

そして、百々の語る詳細を聞き終えたあと。

『加賀さん。桐生さんを送るのはやめてください』

「いや！」

言われるだろうと思っていた。

華からも言われたし、宮司からもほのめかされた。

百々から相談を受けた東雲としては、当然。

だが、それは百々としては納得できるものではなかった。

「それで、華さん、一人で帰るの？　一人で！　夜！」

『帰宅時間を早めることはできませんか』

「それって、東雲さんも言ってたけど、華さんの普通の生活の時間を、あんなバカストーカーのためになくすってことだよね？　理不尽だよ！　私にまだ何かあるって決まったわけじゃないのに！」

『何かあってからでは遅いです』

「相談にのってくれてありがとうございました！」

感情的になって、電話を切った百々だが。

そのまま立ち尽くし、それからへなへなとしゃがみこんだ。

「失礼なこと言っちゃったぁ……東雲さん、ちっとも悪くないのにぃ〜」

八つ当たりだった、そう思う。

自分を心配してくれる相手にヒステリックに振る舞ったことは、頭に上った血が少し下がれば自覚できる。

百々は落ち込んだまま、竹箒を手に境内の掃除に向かった。その足は、自然と本殿に向く。

掃こうとしてその手を止め、本殿外の柱に箒を立て掛ける。

本殿前の階段の下で頭を下げ、手を打って、そのまま両手を合わせて目を閉じた。

神様、神様、お願いです
どうか、華さんが無事でありますように
私が、少しでも力になれますように
私にできることがまだありますように

あの絵馬のようなことは決して祈らない。

すなわち、誰かを呪うような、他者の不幸を望むような。

誰かを案じ、己の労苦をもってしても、他者に益があるように。

それが、百々の願い方だった。

自分にできることがあれば尽力するから、導いてほしいと願う。

現実の世界の中で、まだ四屋敷を継いでいない未成年の自分は、社会的に何の力もない。

一子のような人脈もなければ、東雲のような仕事上の権限もない。

それが歯痒い。

長い間合わせていた手を離し、一礼して掃除に戻ろうとした百々は、懐に入れた携帯が振動するのに気づいた。

もしや、先程失礼な切り方をした東雲からかとすぐに取り出してみると。

そこには、「大おばあちゃん携帯」と通知されていた。

「大おばあちゃん?」

「ああ……きっと東雲さんから連絡が行ったんだ……」

言いたいことだけ言って通話を切った百々に困り、きっと一子に連絡を入れたのだと。

百々はため息をついた。

一子からも止められたら、さすがに言うことを聞かなければならない。一子は、四屋敷の当主だ。

そこを継ぐ以上、現当主にして現「在巫女」である一子の言葉は、百々にとっては絶対なのだ。

「もしもし……大おばあちゃん？」

『百々ちゃん、今、神社かしら。ごめんなさいねえ、こんな時間にお電話してしまって』

百々の生活パターンを知っていての、神社か、という確認だ。

「うん、大丈夫。今、本殿周りの掃除をって思って」

『まあまあ、偉いわ、百々ちゃん。ちゃあんとお仕事しているのねえ』

一子の声は、あくまでも明るい。

いかにも、可愛い曾孫を案じての電話に聞こえるが、神社で奉仕していると明らかに分かるこの時間帯に、用もなく電話をしてくる一子ではない。

「大おばあちゃん、あのね……」

言われる前に自分から報告し、華の送迎の許可をもらおうとした百々だが。

『百々ちゃん、あなた、土曜日に戻ってらっしゃい』

「え」

土曜日と言えば、明後日だ。

普段、昼間は学校に通っているので、早朝と夕方しか神社に行けない分、土日は一日神社の仕事をすることになっている。

それを、休めという。

前にもそういうことがあった。百々が、下宿先近くの稲荷神社を巡る卑劣な事件に巻き込まれた時に何度か。直近では、東雲の持ち込んだ案件の時に。

だが、それらの時と今回はわけが違う。

四屋敷の案件ではないからだ。

佐々多良神社自体が、脅威に晒されているわけではないし、四ツ屋敷に正式に話が挙がったわけでもない。

「それって……もしかして、お説教？」

余計なことに首をつっこんで、と嗜められるのかと思った百々は、おずおずと尋ねた。

『まあまあ、お説教だなんて、おほほほほ。あなた、お説教されるようなことでもしたの？』

さもおかしそうに笑う一子。

これだけ聞くと、今回のストーカーの件とは関係ないように思えるが、この曾祖母がまったく知らないとは考えにくかった。

あまりにも、タイミングがよすぎるのだ。

「お説教はされたくないけど、私にも理由とか事情とか」

『お説教と決めつけてどうするの。私はそんなこと、一言も言っていませんよ』

いないけど、言外に匂わせてるじゃん、と百々は思った。

『土曜日に、お客様がいらっしゃるの。あなた、その方にお会いなさいな』

「お客……さん？」

それって、東雲さんのこと？　と聞けば、また一子に笑われる。

『あらあら、東雲さんなら私が呼ばなくても、百々ちゃんがお電話一つすればすぐに駆けつけてくださるでしょう？』

それはそうなのだが、今は非常に気まずい。

心配する東雲に言い返して電話を一方的に切った百々としては、謝らないといけないと頭では理解しているものの、まだ気持ちは整理できていない。

『そんなに心配しなくても、あなたがよく知っている方よ。その方にお話を聞きなさい。今のあなたに、役立つお話をきっとしてくださるから』

「今のって……やっぱり大おばあちゃん、東雲さんから全部聞いてるんでしょ」

『それはそうですよ。あなたのことを、ずいぶんと心配されてましたよ。自分の力不足で、あなたを危険な目に遭わせることになりますって、謝られてしまって、本当にもう』

「うう……そこは、私が悪いです……ごめんなさい」

東雲は、百々の身を案じてくれていた。

それを素直に受け止めきれなかったのは、百々自身だ。

苦しんでいる華を放っておけと言われているみたいで、東雲に八つ当たりしてしまった。

『ともかく、一度帰っていらっしゃい』

佐々多良神社には、私からお話を通しておきますからと言われてしまえば、百々は断ることができない。

百々の「はい」という返事を聞いて、曾祖母からの電話は切れた。

百々の肩が、がっくりと下がる。

「ううう、香佑焔～。どうしよう」

常に身につけている御守りに語りかければ。

『どうしようも何も、一子が戻ってこいというのだ。四屋敷の次代としては、帰らないという選択肢はあるまい』

「そうなんだけどさ」

『あれの考えていることも、有している人脈も、力そのもの、そのうちおまえに引き継がれる。だがそれまでは、何をどうしてもおまえがかなう相手ではない』

「分かってるよ！　てか、大おばあちゃんに逆らえるとは思ってないから」

頭ごなしに強く言われることは少ない。

逆らっても、罰をもらうこともない。

しかし、かなわないのだ。

一子が一度口にしたことは、絶対的に実行され、叶えられる。

百々は、諦めて箒を手に取り、本殿の周囲を掃き始めた。

秀雄と華が神社に戻ってきたのは、百々が帰り支度を始めた頃だった。もちろん、着替えて一緒に帰るべく待っていようと思っていた。

戻ってきた華を見て、百々はびっくりした。

「華さん！」

華の目は、あきらかに赤くなっている。泣いた跡だ。

華とともに戻ってきた秀雄も、憮然とした表情だ。

「心配かけちゃってごめんね、百々ちゃん」

このまま帰るから、荷物とってくるね、と泣きそうな顔で無理に笑顔を浮かべ、更衣室に入っていく華。

百々は、その後ろ姿を見送ってから、秀雄に視線を移した。

「先日の警察官の方が不在でね」

別の若い男性警官が、対応してくれたのだが、二人が新たに増えた絵馬と送られてきた写真を見せて、改めて被害を訴えたところ、失礼な言葉の数々を投げられたそうだ。

『本当にご存じの方じゃないんですか』

『以前お付き合いしてた方は？』

『多いんですよねえ、元カレがこういうことするのって』

『身に覚えがあるんじゃないの？』


「何ですかそれ！　そんなこと言うなんて！」

辛い目にあっている女性に対して、身に覚えがあるのではないかという無神経な発言に、百々は収まりかけていた感情を一気に爆発させた。

「私もさすがにひどいと思った。しかもせっかく持っていったものも、前回と大して変わらない、これくらいで捜査はできないと言われたんだよ」

この警官の対応は、秀雄にも不満の残るものだったらしい。

「前回対応してくれた女性の警察官は、かなり親身になってくれたんだが。やはり、東雲さんの言う通り、絵馬や写真程度では警察は取り扱ってはくれないようだ」

その警察官からは、『まあ、この程度の執着だったら、いたずらで済むでしょう』とまで言われたという。

悪質な真似をされて傷ついている華に対し、これらのことを『この程度の執着』『いたずら』で済まされてしまった。

その、あまりにやる気のない態度に、二人はそれ以上何も言わずに警察署を後にした。

帰る途中、華は悔しくて泣いたのだという。

怒りとも落胆ともとれるような表情で、秀雄は頭を振りながら社務所の中の事務室に戻っていった。

残された百々の気持ちは、収まらない。

「お待たせ。百々ちゃん、本当にいいの？　送るのはやめた方が……」

「大丈夫！　私、ずっと華さんと一緒に帰るから！」

素直に怒りを表に出している百々に、華はまた泣きそうな笑顔になった。

しかし、今度は気持ちを傷つけられたからではない。

「ありがとう、百々ちゃん……ごめんね、気を遣わせて。でも、嬉しい……」

華の心細さは、相当のものに違いない。

警察は頼れない。そう思ってしまったら、次はどうすればいいのか分からず、華は途方にくれてしまっていた。

そんな華にとって、味方になってくれる百々の存在が、心底ありがたいのだろう。

「あのね、華さん」

自転車を引きながら、百々は一子から連絡を受けたことを話した。

「東雲さんがね、大おばあちゃんに電話して、華さんのことを話したの。あ、断りなく東雲さんが華さんのことしゃべっちゃったって、怒らないでね」

自分のせいで百々に危険なことをさせてしまったと謝罪したのだろう。

真面目な東雲のことだ、一子に何度も謝ったに違いないと、百々は想像した。

だが、一子はおそらくそれを責めなかった。だから、電話でも百々に今すぐ華の件から手を引けと言わなかった。

何か策があるのだ。

自分では想像もつかない人脈も人望もある。

影響力はいったいどれほどのものか。

「警察が頼りにならないから、きっと別の方法があるって教えてくれるんじゃないかな」

「別の方法って？」

「うん……なんだろう」

私立探偵かな、それともボディーガードを雇うってことかな、と思い付くまま言ってみるが、一子の帰宅命令の真意はまったく分からない。

「百々ちゃんの大おばあ様にまで迷惑をかけるなんて、申し訳ないわ」

「華さんが迷惑かけてるわけじゃないよ。悪いのはね、ストーカー野郎。隠れてこそこそ動いて、気色悪いもん送ってきてさ！　きっと、そいつ超ブサイクでダサダサで臭くて目が悪くて鼻が詰まっててデブデブで水虫ででべそなんだよ！」

百々が思い付く限りの悪態をついてストーカーを罵れば、華がくすっと笑う。

「百々ちゃんたら。でも、百々ちゃんの大おばあ様って、何かなさってたの？　もしかして、偉い人？」

偉いか偉くないかと言われたら判断に迷う。

主に神社関係に特化した知名度を誇っている。

偉いと言えばいいのか、恐れられていると解釈すればいいのか。むろん、「在巫女」という役目について、華には説明できない。

「ええとね、長く生きてるから、知り合いもたくさんいるってことかな」

刑事の堀井さんなんてその最たるもんだよね、なんか気の毒感あるけど、と百々は心の中で苦笑した。

しかし、自分をいったい誰に会わせようというのか。

東雲との出会いも、一子が堀井に依頼し、堀井が指名したのだ。

今回の件では、これ以上警察に頼るのは難しいだろうし。

「とにかく、土曜日話を聞いてくるね。でもでも、大おばあちゃんが力になれなかったらごめんなさい！」

「何で謝るの。百々ちゃんだけでなく、百々ちゃんのご家族にまで心配をかけてしまって、私の方が申し訳ないわ」

辛い思いをしているのは、華だ。

その華に気遣われて、百々は絶対に曾祖母から協力してもらおうと決心した。

意外な協力者

そして、土曜日。

いつもは朝食後に自転車で佐々多良神社に向かうのだが、今日は朝食を終えて間もなく迎えが来た。

一子の式神が運転する車である。

「お迎えにあがりました」

下宿の玄関先で丁寧に頭を下げる式神に、百々もよろしくお願いしますと声をかけた。

百々を後部座席に乗せ、車はするりと発進した。安全運転で進んでいく。

やがて、四屋敷邸が見え、車が門を通った。

「あれ……」

百々は車窓から、父親の車とはまた別のものが駐車場に停まっているのを見つけた。

それは、黒のセダン。

ピカピカに磨きあげられたその車の中には、運転手の姿も見える。

そして、その車に百々は見覚えがあった。

「お客さんってもしかして……」

式神の運転する車が停まり、百々は自分でドアを開けて降りた。

玄関で「ただいま」と言うのと、別の女性姿の式神が出迎えに来るのとが、ほぼ同時だった。

「おかえりなさいませ」

「あれ？　お母さんは？」

いつもなら、母の七恵が出迎えに玄関まで来てくれるはず。

「一子様のご配慮で、ご夫婦でおでかけになられました」

百々は振り返った。言われてみれば、父の車がない。

どう一子が二人に言ったのかは分からない。

一子にあまりいい感情をもっていない義父の丈晴はいぶかしんだかもしれないが、自然体でいて意外と勘のいい七恵は何か察したのかもしれない。

ともかくも、二人がいないということは、一子があえて遠ざけたということで、百々の帰宅も知らないに違いない。

「そ、そっか、うん。大おばあちゃんは自室？」

いつも自室なのだが、一応毎回尋ねる。

左様です、と頷いた式神に先導され、百々は一子の自室へ向かった。

「大おばあちゃん、百々です。ただいま帰りました」

「おかえりなさい、百々ちゃん。お入りなさいな」

中から声をかけられ、百々は障子戸を開けた。

そこには、一子以外にもう一人、客人の姿があった。

百々が予想していた人物だった。

久しぶりに会えたその相手に、百々は正座したままぺこりと頭を下げた。

「ご無沙汰してます。高見《たかみ》のおじ様」

高見のおじ様。

百々の挨拶に、その客は相好《そうごう》を崩した。

と思ったら、やおらポケットからグレーがかったハンカチを出し、目元を押さえた。

「あああ……ますますお母さんにそっくりな外見になって。全然お孫ちゃんのおばあ様に似てくれない～」

「失礼な。うちの曾孫になんて文句をつけてくださるの。娘に似ないで孫に似る、本当にできた曾孫なんですから」

百々は、優しく穏やかな母に似ていることを悲しむという妙なことを言われても、いつものことだし全く悪意も敵意もないことが分かっているので、笑顔のままでいた。

客として百々が来るまで一子と談笑していたであろうその男は、高見駿《たかみしゅん》という人物だ。癌で亡くなった祖母が、昔県庁で公務員として働いていたときの部下なのだと、百々は七恵と一子から聞いている。

十歳以上も祖母の年下だったという男は、まだ六十代になっておらず、見た目も若々しい印象を保っている。昔より短くなった猫っ毛を整髪料でセットしており、外見だけだと壮年のメンズモデルと言っても通りそうだった。

ただし、外見と中身は一致しない。それも、百々はよく知っていた。

この男に関する百々の最初の記憶は、祖母の葬式だった。

号泣しながら祖母の棺の側から離れようとせず、最後は引きずり出されるように連れ出されていた姿は、幼い百々の記憶に強烈に焼きついた。

そのとき、あれじゃあまるでお母さんの浮気相手みたいねと、母の七恵が不謹慎なことを泣き笑いの態で言ったらしいが、もちろん当時の百々は何のことかさっぱり分からなかった。

その後も高見は祖母の命日には必ず四屋敷家を来訪している。

高級な果物や菓子や酒を「貢ぎ物です」などと言って持参しては、位牌の前で延々泣き続けて祖母の名を呼び、暴挙とも思える祖母の武勇伝の数々を並べたて、体裁が悪い！と最終的に一子から叱られる……というくだりが毎年繰り返されている。

いまだに、この男が自分の祖母とどういう関係だったのか、百々には分からない。

分からないが、しかし。

「えっと、高見のおじ様、大おばあちゃんに呼ばれてきたんですよね？」

そう百々が問えば、高見は呆れたような顔で言ってのけた。

「もちろん！　おばあ様のお孫さんのご相談にのれるのは僕しかいないとそれはもう懇切丁寧にお願いされ、仕方なく」

おばあ様のお孫さんってややこしいなと思っていると、一子がころころ笑った。

「ほほほ、お願いだなんて。ほんの五分ほど相談にのってくださる時間はおありかしらって尋ねただけですのよ」

それに間髪いれず食いついてきてくださるなんて、お暇なのねえと、わざわざ呼び出しておいてあんまりな言いぐさである。

しかし高見は、目に当てていたハンカチを、引き裂かんばかりに両手で握りしめた。

「これ！　これですよ！　さすが、あの方を生んだ方！　この世にあれほどの逸材を誕生させてくださったことだけは心底感謝しているからこそ、仕事のやりくりをどうにかつけてここに来たんです」

まるで、漫才のような言葉の応酬である。

どうやら、高見が今回、百々の相談にのるのにふさわしいと一子に思われたようだが、百々は首を傾げる。

「え、いいのかな。だって、高見のおじ様、去年、市長になったんですよね」

二代前の市長は、高見の妻の父、つまり義父にあたる。

普通の公務員だった高見は、百々の祖母の死後、義父の勧めであっさりその仕事を辞め、市議会議員に立候補し、当選した。二期務めた義父の後は特にかかわりのない人間が市長の椅子に座ったが、昨年の市長選に高見が出馬したのだ。

外見がいいだけでなく、政策のビジョンが明確でいて無理がなく、さらに低い物腰、穏やかな態度、時と場合によって使い分けるウィットに富んだコミュニケーション能力で、高見は元々あった義父の支持者以外の層も多く取り込み、初出馬にして初当選を果たした。

実は高見には、圧倒的な情報収集力のある影のブレーンが存在していたのではないかという報道がなされたこともあるが、それに関して彼はやんわりと否定して、それ以上は語らなかった。

その男が、祖母の遺影の前では身も世もなく号泣し、曾祖母の一子には勇気というより無謀な口の聞き方をする。そして、百々はこの男にとって、「加賀百々」でもなく「四屋敷百々」でも単なる「百々」でもない。

異常ともとれる執着愛を寄せる祖母の直系の「孫」――そのスタンスなのだ。

「まあ、僕の話より、お孫さんの話ですね」

「ちゃんと名前で呼んでちょうだい。うちの曾孫には、それはもう立派な名前があるんですから」

「もちろんですとも、それでどういうことなのかな、お孫ちゃん」

一子の文句にもめげないこの男の胆力は、たいしたものである。

百々は、今自分が佐々多良神社で毎日修行していること、そこで一緒に巫女をしている女性がストーカー被害にあって苦しんでいること、警察には届け出たがあまり親身になってもらえていないことを話した。

高見は、黙って話を最後まで聞くと、冷めたお茶を一口すすった。

「陳腐なストーカーだねえ。ありきたりというか、ひねりがないというか。これじゃあ、警察も動かない。逆に、動いてくれたら、あっという間に犯行が露見して犯人が突き止められるだろうに」

地方公務員は市民の皆様のために日々精進！　ですよね！　と言ったかと思うと、ああでもキャリア組の警察官は国家公務員か、なぁんだ、などととんでもないことを言う。

「高見のおじ様。なんで大したことじゃないみたいなことを言うの？　私も華さんも、すっごく迷惑してるんだから！」

百々の抗議にも、高見の小バカにしたような口元の笑みは消えない。別に百々をバカにしているのではなく、話に出てきたストーカーに向けられたものらしいが、あまり気持ちのいい態度ではない。

「いやあ、お母様も人が悪いなあ。よりによって僕にこんな相談を持ち込むなんて」

高見の言う「お母様」は、一子のことだ。

彼の呼ぶ四屋敷家の人々は、百々の祖母が中心なので、その母である一子は「お母様」、孫である百々は「お孫さん」になる。一子が何度注意しても改める様子はない。

「あなたのお母様になった覚えはありませんよ。だってあなた、よくご存じじゃない、こういったいやらしい真似をする人のことは」

二人の応酬の意味は、百々には分からない。

「えっと……市長にもなった高見のおじ様に、ストーカー相談がよく持ち込まれるってこと？」

「あはは。違う違う。それだったら、あなたの大おばあ様にも可愛げってもんがあるんでしょうが。今回はまったく違いますよ」

「あなたに可愛げを語られる日が来ようとは」

一子は扇子を取り出すと、口元を覆った。ため息の一つもつくのかと思ったら、そうではなく、笑ってしまう口元が緩むのを隠したらしい。

いったい何を言うのだろうと、百々は身がまえた。身がまえたが、襲ってきた衝撃はとてつもなく、受け止めきれなかった。

「百々ちゃん、こちらの高見さんはね。あなたのおばあ様の『ストーカー』でいらしたんですよ」

一瞬、百々は頭の中が真っ白になった。


おばあちゃんの。

ストーカー。

高見のおじ様が。

おばあちゃんの。

…………ス。


「ストーカァァァァァァ？　何それぇぇぇぇ！」

百々の絶叫に、高見はあはははと笑うだけだった。

曾祖母の一子も、扇子で口を覆ったまま、肩を震わせて笑っている。

今、この場では、百々だけが混乱していた。

あまりに衝撃的な発言だったのだ。市長にまでなった男が、祖母のストーカーだったなんて。

あわあわしたあと、百々ははっとなってさらに慌てた。

「そ、そ、それって、他の人に知られちゃダメなことですよね？　なんで簡単に暴露しちゃうの！」

下手をすればマスコミに叩かれ、失脚しかねない話だ。

「あははは、僕があなたのおばあ様にべったり付き従っていた忠犬だったってことは、役所では周知の事実だし」

実はストーカーだったということは、一部の人間しか知らないし、この場での会話は外に漏れることがないからいいのだと、高見はしれっとした態度を崩さなかった。

「別に言っちゃってても僕はどうってことないから告白するけどね、趣味は人間観察で、人のプライベートまで調べあげて収集してほくそ笑むのが生き甲斐だったんだ」

さらりと自分のとんでもない趣味まで暴露する。

それに対し、娘につきまとったこの男を非難してもいいはずの曾祖母はというと。

「なのに、娘の情報は引き出せないし、盗聴器も監視カメラも写真までことごとくバレ、尾行すればまかれ、私物も一切手に入れられないというていたらくでしたものねえ」

まったく動揺していなかった。

「すべて見透かされ、証拠を突きつけられ、軽蔑しきった絶対零度の視線で睨まれたときに、僕は悟ったんですよう！　ああ、自分はこの方の忠実な下僕になるために、この技術を磨いてきたんだと！」

「……高見のおじ様、こんな人だったんだ……」

祖母の位牌の前で涙を流す、祖母を慕う元部下とばかり思っていたのに、百々の中のイメージは見事に崩れた。

聞かなきゃよかったと思いながらも、今自分が相談すべきことを思い出す。

「分かったから！　高見のおじ様の変な気持ち、分かったから！　いや、分かんないけど、分かったことにするから！　ねえ、華さんのこと、どうしたら解決できますか」

変な気持ちと百々に言われても、高見は全く動じない。一子の女性式神が運んできた熱いお茶を一口すすってから、高見は語り出した。

「そのストーカーだけどね、典型的な『激しい思い込み勘違い系』だね。自分の一方的な思い込みで、その女性を自分の中で理想の女性像に当てはめて、運命の人だと思い込む」

華のことを「僕の嫁ちゃん」などと書き込んできた相手である。

それには百々も頷いた。

「今は、姿を見せないつきまといや、絵馬での告白、写真の送付だけで済んでいる。これがエスカレートすると、姿を現したり、待ち伏せしてきたりするだろうね。あと、もっと見るに耐えないようなものも送ってきてアピールするかもしれない」

見るに耐えないようなものってなんだろう、と百々にはよく分からなかった。

送られてきたあの写真だって、大概なものだ。

隠し撮りされて、落書きされて、あれだけでも腹が立つというのに。

「体毛とか」

「げ」

「体液とか」

「何それ、気持ち悪いよう！」

「自分の体の局部的な写真とか」

「高見さん。うちの曾孫の年齢を考えてしゃべってちょうだい」

一子から規制が入ったものの、すでに百々の気分は相当ひどくなっていた。

「まだまだ。ここからが重要だから」

「まだあるの？」

こんなことを全部おばあちゃんにしてきたの？　とも百々は尋ねたくなった。

それが伝わったのか。

「安心してくれ、お孫ちゃんのおばあ様には、そんな卑猥な真似はしていないから。僕は、ほら、情報を収集したいけれど相手を自分のものにしたいとか、性的対象に見たいとか、そういうストーカーじゃなかったから」

それでも、つきまとっていたことに変わりはないでしょうにと一子が口を挟むと、僕は堂々とつきまとっていましたからと、高見がけろりとして言い返す。

そこに、やましさは微塵もない。

あまりに堂々としているので、本当はすべて冗談なのではないだろうかと、百々が思いたくなってしまうほどだ。

「それよりもね。今は自分を隠して一方的に好き勝手にアピールしてくるだけだけれど、そのうち我慢できなくなって出てくるから。けれど、お孫ちゃんの同僚の人は、お付き合いなんてお断りするだろうね」

「もちろんです！」

「うん、そうしたら、ストーカーは拒絶されたことにより、『思い込み系』から『怒りの復讐系』に変化しかねないねえ」

最悪、凶悪な犯罪に発展しかねないのだと、高見は恐ろしいことを言った。

「そんな勝手な！　華さんは、そいつのこと知らないし、迷惑しかかけられてないのに、復讐って！」

「ストーカーに、相手の都合を思いやる気持ちがあったら、そもそもストーキングなんてしないだろう？」

叫んだ百々に、高見はさらりと言い返した。

「彼女の携帯の番号が分からなければ、自宅に無言電話が入るようになるかもしれない。さっき言ったように、不愉快なものが送られてくるかもしれない。それと、彼女だけでなく、周囲への脅迫も考えられる。彼女を隠すようにした神社にとか、彼女を一人にしないお孫ちゃんにとか」

彼女と彼女を取り巻くすべてに憎悪を抱く可能性もあるんだよと指摘され、百々は顔を強張らせた。

送られてきた写真は、百々の顔を塗り潰し、バツ印を何度も上から重ねていた。あれも、もはや脅迫の部類と言ってもいいのではないだろうか。

「被害に遭っている女性には気の毒だけどね。お孫ちゃんのことだけを考えるなら、お孫ちゃんは手を引いた方が無難だね」

自分の邪魔をするやつが悪いんだから、排除する。

「それがストーカー心理。お孫ちゃんは刺されるかもしれない、神社は放火されるかもしれない、その女性だって殺されかねないよ？」

高見が語るそれは、あまりにも物騒な内容だった。しかし、ありえないことではない。ニュースや新聞で、時々ストーカーによる殺人事件だの、傷害事件だのが報道される。ひどいことをする人がいるんだと、百々はそういう事件が起こるたびに思っていたが、まさか自分が巻き込まれるとは……。百々の顔色がすうっと悪くなる。

それを見て、高見は肩をすくめた。

「ね、怖いだろう？　だから、お孫ちゃんは自分のことを最優先に考えて手を引くといいよね、うん。あの方だって、お孫ちゃんが自分から危険に飛び込んでいったら、草葉の陰で大激怒だろうし」

「そ、それは確かに怖いけど、でも」

百々は、正座したままスカートの裾をぎゅっと握りしめた。

華の目を赤くした辛そうな表情が、脳裏に浮かぶ。

「私が手を引いちゃったら、華さんどうなるの？　それに、そいつは神社にも危害を加えるかもしれないんだよ⁉」

そうだ、主祭神に不謹慎な願い事まで。

自分を祀る神社にばちを当てろだなんて――！

「そんな願い事、神様が力を貸すわけないけど、そんなことに神様の力を借りようとするやつは許せないよ！」

「そういうことですよ、高見さん」

黙って聞いていた一子が、口を挟んだ。

「四屋敷を出て他家に嫁した娘ならともかく」

開いていた扇子を、ぱちりと閉じる。

「四屋敷の者は、神様のお力を疎かにする者も己の欲のために悪用する者も認めません。たとえ、神様に馬鹿馬鹿しいそんな願いが届かないにしても」

佐々多良神社さんには、代々お世話になっておりますもの、うちの亡くなった娘も三年間修行させていただいて、と一子が言った途端。

「確かに！　あの方が修行された聖地を汚す犯罪者には、正義の鉄槌《てっつい》を下すべきですよね！」

それまでは冷静に話していた高見が、いきなり拳を握りしめて叫んだ。

そんな高見の姿に、百々は目を白黒させるばかりだった。

自分に、手を引いた方がいいなどとアドバイスをしておきながら、祖母を引き合いに出された途端の、このはりきりよう。

「高見のおじ様って……本当に変人だったんだねー」

普段なら失礼な言葉も、今の百々の口から出ると、何かしみじみとした響きを帯びる。

毎年、祖母の位牌の前で号泣し悶えこそするが、その後は自分に優しく暖かい笑顔を向けてくれていた、高見駿という立派な社会人としての人間像が崩れる気がした。

「では、お孫ちゃんが心配するその女性のために、僕ができるアドバイスをしておこうかな」

高見は、内ポケットから手帳を取り出すと、何かをさらさら書き付け、破いて百々に手渡した。

「その弁護士さんは、よくストーカー被害を扱っているから、お孫ちゃんの同僚さんに渡して。いいかい、警察だけではあまりに手詰まりだから、打てる手はなるべく打っておいた方がいい。金銭的にゆとりがある場合は、探偵を雇ってストーカーを突き止めるのも一つの手だ」

お孫ちゃんたちの写真を撮っていたり、神社に絵馬を掛けに来るってことは、そのために近くに出没しているっていうことだからね、と高見が説明した。

「それから、気持ち悪いものでも証拠だから、絶対にとっておくこと。捨てちゃいけない」

「えっと、警察に渡してもいいいんだよね?」

「念のために、写しがとれるものはとっておいた方がいいね。まあ、今の程度だと、警察は取り合ってくれないから、証拠物件としてどの程度預かられるか分からないけれど。保険だと思えばいい」

待って、メモするから、と百々は慌てて携帯を取り出して、メモ機能に高見の言葉を打ち込んだ。

「あらあら、最近は紙のメモ帳なんて使わないのねえ」

曾祖母の一子は、感心したような嘆かわしいような口調で言った。

「ふ、普段はちゃんと書くもん。今、メモとかないんだもん」

帰ったら華に伝えなきゃと、百々は高見の言葉に耳を傾けた。

「あと、ＩＣレコーダーとかを持ち歩けたらいいね。万が一接触してきた場合、会話を録音するといい」

携帯を取り出してあからさまに操作するより、ポケットですぐにスイッチが入れられるタイプがいいな、と付け加える。

「もしくは、自宅と神社の行き帰りの間は、ずっとオンにしておいてもいい。いつ声をかけてくるか分からないし、掛けてこなかったらその都度消去すればいいから」

もちろん、巫女の職務中に声をかけてこないとも限らないから、常に携帯しているといいね、とも言う。

「とりあえず、それくらいはしようか。監視カメラを神社内に仕掛けることも無理だし、絵馬掛け所を今後も利用するかどうか分からない。もしかすると社務所にまで様子を見にくるかもしれない。盗聴器……うーん、僕ならいくらでも取り付けたいけれどねえ」

「高見のおじ様、そこまでやったらおじ様が犯罪者になっちゃうよう」

「いや、ならないよ、設置自体はね。盗聴器自体は、ストーカーの基本装備みたいなもんだし。もちろん、やらないよ。今は」

含みのある言葉に、百々はまたしても引き気味になった。

「こんなもんでよろしいですか、お母様」

「手っ取り早く捕まえることはできないのかしら。いくらあなたでも、警察を動かすのは荷が重いかしらねえ」

「はっはっは。やってやれないことはありませんが、僕に命令して動かせる人は一人しかいませんし、それはお母様じゃありませんよぅ」

一子が煽ろうとするも、高見は動じなかった。彼の中には、明確な基準があるのだろう。敬愛し崇拝する相手の血縁だから、ここまでなら百々に協力はする。だが、百々を直接救うまでには至らない。しかも、ストーカーの対象は元々百々ではない。

「繰り返し言っておくけれど、どんなに手を打っても執着し妄想に走ったストーカーを完全に止めるのは難しいから、安全を優先するならお孫ちゃんは手を引くべきだ。ちゃんと忠告したからね」

それじゃあ次の約束があるんでそろそろ、と高見が立ち上がる。その高見に、一子が声をかけた。

「高見さん。まだ娘の名前、呼ぶ気はないのかしら」

そういえば、と百々は気づいた。

先程から、高見は誰の名前も呼んでいない。

一子や百々だけでなく、自分のご主人様と公言して憚らない祖母の名すら口にしないのだ。一子の問い掛けに、高見がにたりと笑う。

「あの方は亡くなられた。もうどんなに僕が呼んでも、あの方は応えてくれないし、怒鳴り返してもくれない。だから、呼んでも意味がない。ご心配なく。毎日心の中で呼び続けてますから。朝目覚めて最初に挨拶するのも、夜眠るときに最後に挨拶するのも、市政を語ったその後でこれでいいかおうかがいを立てるのも、ちゃあんとあの方を呼んでますよう。あの方と僕の間に誰も入れるわけがない。僕の世界の中であの方は永遠。褪《あ》せることのない存在のままだ」

そんな狂気のような告白を目を細め張り付いたような笑顔で語る高見に、百々は寒気を感じた。

「百々ちゃん、高見さんを玄関先まで送ってらっしゃい」

「え、う、うん、はい」

高見は玄関で靴を履いたあと、靴べらを返し、そこで最後に百々を見つめる。

「さっきの僕は気持ち悪かったよねぇ？」

自分でも、異常な感情を他者に見せたことは認識しているらしい。

はっきり肯定していいものか百々が躊躇っていると、高見がうんうんと頷いた。

「ストーカーは、いわゆる自己中。自分の感情が最優先だからねぇ。相手が自分の行動で傷ついてかわいそうって気持ちはあるけれど、それ以上に、これで自分だけの人になった、もう誰にも邪魔されない、一生一緒だよっていう歪んだ気持ちの方が大きいんだ。本当、身勝手で歪んだ愛情だろう？　そんなやつを相手にするんだってことを忘れちゃいけないよ、お孫ちゃん」

「あの、あの、高見のおじ様もおばあちゃんのこと、そう思ってたの？」

それだったら嫌だな、高見を嫌いになってしまうかも、と思い、百々は小さな声で尋ねた。

それを、高見はあっはっはと笑って否定した。

「まさか！　お孫ちゃんのおばあ様はね、生きていてくれたからこそ意味がある。あんなに強烈に猛烈に激烈に鮮烈に人生を生ききった人を、僕は他に知らない。そんなあの方を自分だけのものにしたいとはまったく思わなかった。自分だけがお仕えしたいとは思ったけどね」

今度おばあ様にお供えするつもりで、お孫ちゃんにプレゼントを贈るねと言い、高見は待っていた車に乗って行ってしまった。

戻ってきた百々に、一子はどうだったかと尋ねた。

「なんか、高見のおじ様が少し怖いって思った。けど、華さんをつけ回してるストーカーとはちょっと違うって思った」

「高見さんはねえ、ある意味、究極に突きつめたストーカーの一つの姿なのでしょうねぇ。あれにつきまとわれながら、それを己の手足のように使いこなしたあなたのおばあちゃんは……」

やっぱり変な子だったわねえと、一子はため息をついた。その姿に、百々はようやく笑った。

「それで、あなたはどうするのかしら」

一子から聞かれた百々は、もう自分がどうしたいのか決めていた。

「高見のおじ様のアドバイス通りにしてみる！　華さんに話してみるね。探偵はどうか分かんないけど、弁護士さんの方は紹介されたんだもん、きっとちゃんと対応してくれる人だと思う」

それと、と百々は付け足した。

「私は手を引かないから。華さんを送るの、やめないから。で、できたら、怖いことになる前にそいつが捕まってくれたらいいんだけど」

それでも自分の何倍も怖い思いをしているのは、華の方だと思うから——。

そんな百々の様子に、一子も頷いた。

「あなたが大変な目に遭わないことを祈ってますよ。本当は曾祖母としてあなたを止めれれば一番いいのでしょうけれど」

神様のお力で神社に罰をだなんて願い、神様にお仕えする神聖な巫女を脅《おびや》かすなんて大それた真似——。

「そんな分をわきまえない輩なんぞ、存分に懲らしめておやりなさい」

「はいっ！」

ただし、お父さんには内緒にね、とこっそり言われ、百々は何度も頷いた。

愛情深い義父は、百々の無謀な行動を絶対に許さないだろうし、それを容認した一子はそれ以上に責められるだろう。

その後、一子に昼食を自宅で食べていけばと勧められたが、すぐにでも華に知らせてあげたいからと、百々は辞退した。

それを一子は強く止めることなく、自分の式神に百々を送るよう命じた。そのまま玄関まで行かずに自室で百々と別れた一子の前に香佑焔が姿を現した。すぐには何も言わず、非難めいた視線で一子を睨む。神使からの強い視線にも動じず、むしろ一子はほほほとおかしそうに笑った。香佑焔の目が、いっそうつり上がる。

「止めるものと思っていたのだがな」

「止まるような子ではありませんでしょ」

百々を止めなかった四屋敷現当主に、香佑焔は文句の一つも訴えようかと姿を現したのだ。自分に百々を護るようにという半ば強制的な願いをしておきながら、曾孫が危険な真似を続けようとしているのを止めない。

「百々に何かあったらどうする」

「護ってやってくださいな」

「私が人に干渉することはできないのだぞ。それくらい分かっているはずだ」

香佑焔の存在は、人からは見えないし声も聞こえない。ゆえに、香佑焔自身も己を認識しない人間に触れることはできない。もし、ストーカーが華の周囲の人間を害そうと百々に危害を加えてきても、百々を庇って立ちふさがることもできないのだ。

今のままでは。

だからといって、襲ってきたストーカーを憎み祟れば、再び堕ちる。

「知らせてあげることはできますでしょう？　あの子より先に危険に気づいたら、注意の一つも呼び掛けてやってくださいな。それ以上は、人の領分です」

「それだけか！　それは、護るうちに入らん！」

香佑焔は苛立ったように一子を責めた。しかし、一子は動じない。

「まあ、今回の件は、さほど神様に関係のないことですからね。百々ちゃんにはああ言って煽ったけれど、今のところ別段神様のお力が理不尽に行使されたわけでもない。境内が直接穢されたわけでもない」

「ならば！」

「でもねえ、あの子は四屋敷の娘ですもの」

今は神様のお力に変化はなくとも、神様にお仕えする巫女を護ることも神様に喜んでいただける行いだとするならば、それは決して無駄にはならない――。

一子は、ストーカーに狙われている桐生華という女性に何の感慨も同情も持っていない。

だが、彼女を救うために百々が動くというならば、華も、手助けをされる見返りとして百々の修行の一端を担ってくれたらいいと、そう言っているのだ。

「……おまえは薄情だ。それは人の情《じょう》ではない」

百々のために華を利用すると、一子は堂々と言ってのけた。それに対し、眉をひそめる香佑焔の方がよほど人の情に添っている。

「情はありますよ。ただ、きっと、おそらく、私が情をかける相手が、人様とほんの少ぉし違っているだけ。百々ちゃんのことも七恵のことも加賀先生のことも大切に思っています。亡き夫も娘も、みぃんな。でもねえ」

人の情――それにとらわれていたら、四屋敷の務めは果たせない。

この身は神様のお力をお借りすることを赦された身。

そこに魂の大部分を懸けなければならぬ身――。

「ですから、四屋敷を継いだときに決めたのです。家族は、家族だけは残された部分で全力で愛そうと。それ以外は全部、全部四屋敷のために」

だから。

百々を愛する、大切に思う、案じる、同時に四屋敷のために鍛えていく。

一子にとってそれは、相反することではないのだ。

香佑焔は、じっと一子を見た。

互いに揺るがない視線。

どちらも、百々のため。

どちらも、百々を大事に思う気持ちに変わりはない。

だが、考えは交わらない。

しゅるりと、香佑焔が消えた。

自分が現在拠り所としている、四屋敷邸の庭にある社に戻ったのだ。百々の御守りについているのは、その一部と言っていい。元は神使、本来であれば神の力を受ける神社、その神域である境内を護るのが仕事だ。神使として堕ちた身を一子に救われ、四屋敷邸に作られた社に身を寄せると決めたときから、そこが香佑焔の守り住まう場所だった。あくまでも、百々の傍らにいるのは、その一部。

ただし百々を心配するあまり、社の方が一部になってしまいがちなのが、最近の香佑焔の状態だ。四屋敷の当主である一子に、それはバレているだろうが、何も言われることはない。

一方。

一子の式神から下宿に送られた百々は、自転車ですぐに神社に向かった。今日は行かなくてもいいことになっているが、やはりすぐ華に伝えたい。百々は、いつもより勢いよくこいだ。危険すぎる！　とポケットの中の御守りが、ひっきりなしに震えたが、百々の気持ちは急いていて、それにかまっていられない。

「華さん！」

佐々多良神社の駐車場の一角に自転車を停め、百々は社務所に飛び込んだ。

「あら、百々ちゃん。今日はお休みだったんじゃ？」

はぁはぁと荒い息を吐き、肩を上下させる百々に、華は目を丸くした。今日の華は、社務所で事務手伝いをしたり、来客にお茶を出したりしているらしい。自分がいないときに華に何事もなくてよかったと、百々はほっとした。

「あのね！　いろいろ聞いてきたから！」

「も、百々ちゃん？」

百々は、事務室にいた若い神主に、華さんをちょっと借ります！　と言って、手を引いていった。その勢いに、言われた神主は、目を白黒させている。

勝手に応接室を借りることになってしまったものの、きっと秀雄も許してくれるに違いないと、百々は心の中で一応謝った。その上で、携帯を取り出す。

「あのね！　今日ね！　自宅に帰ってきたの！」

まさか、市長に会ったとは言えない。しかも、市長が自分の祖母のストーカーだったなんて、もっと言えない。

「えっと、大おばあちゃんの知り合いの人で、ストーカーに詳しい人がいて、いろいろ教わってきたの」

携帯のメモ機能に書き込んだことを華の前で読み上げる。そんな百々に口をぽかんと開けていた華だが、具体的な指示に、いつのまにか身を乗り出して、携帯の画面を覗き込んでいた。

「弁護士さんに相談できるのね。それと、ＩＣレコーダーね」

ちょっと待ってて、と華は部屋を出て、すぐに手に紙とボールペンを持って戻ってきた。

高見が百々に出した指示を、そのまま書き写す。百々は、高見からもらった弁護士の連絡先の紙も、華に渡した。

「ありがとう、百々ちゃん」

すべて書き写すと、華は携帯の画面から顔を上げた。少しだけだが血色がよくなっているように見えるのは、状況が少し前進したように思えたからか。警察であまり親身になってもらえなかったショックから、いくらかでも立ち直れたらしい。

「弁護士さんの方は、帰って両親に相談してみるわね」

「うん、高……えっと、紹介してくれた人も、きっとその弁護士さんに連絡しておいてくれるんじゃないかな」

高見の名を出しそうになって、百々は慌ててごまかした。

「証拠は、警察に出してあるし、これからも絵馬とか手紙とか来たら、絶対に捨てない。気持ち悪いけど」

「うん、証拠になるもんね」

「ありがとう、百々ちゃん。何から何まで……。私より百々ちゃんの方が、ずっと頼もしい大人みたい」

「いやぁ、そんなことは全然、えへへ」

自分がすごいのではなく、一子がすべて手配したのだ。そちらの方がすごいと分かっているので、百々はひきつった笑顔を浮かべた。その後、百々が華を連れていったと聞いたのだろう、祈祷を終えて神前から戻ってきた秀雄が、応接室に顔を出したので、百々は、華にしたのと同じ説明をした。

「ううむ、さすが四屋敷さん、人脈が広い」

華と違い、秀雄は百々でなく一子が手を回したのだとすぐに理解した。

「桐生さん。今日はもう帰りなさい」

「えっ」

土日は、参拝客が増える。平日より、巫女のアルバイトを多く入れているくらいだ。なのに、秀雄は華に帰れと言った。

「まだ、午後の早い時間だ。明るいし人通りも多いから、一人で帰れるだろう。帰って、ご両親と相談してきなさい。それから、百々ちゃん。今日はこの後桐生さんの代わりに入ってもらえないだろうか？」

「はい！」

百々はもちろんそのつもりだった。

百々に申し訳ないと辞退しようとする華を、秀雄と百々二人で説き伏せ、結局、華は周囲に頭を下げながら帰宅していった。

百々は、華の分まで働こうとはりきり、社務所で茶葉の補充をし、ポットのお湯を替え、軽く掃除をしたあと、受付に座った。

御朱印帳を受け付けながら、「先にお詣りはお済みですか」「この番号札をお持ちください。でき上がったらお呼びします」と、マニュアル通りにどうにか対応した。

境内には本社に付属する摂社や末社がいくつかあり、朱印も一種類ではない。間違わないようにするのに、百々は昼食をとっていないことも忘れて仕事に集中した。

どれだけ人数をさばいたことだろう。朱印の受付をしながら、お祓いの受付もし、御守りもと言われれば、こちらになりますと案内する。他の年長の巫女から、交代だと言われたとき、百々はくたくたになっていた。

受付をしたのは初めてではない。だが、百々はどちらかというと、普段は清掃作業が多いのだ。

未成年なので、あまり金銭のやり取りにかかわらせたくないという神社側の方針もあるだろうし、拝殿や本殿の周囲を掃き清めることで、百々を神の側に仕えさせる意味があるのかもしれない。

百々が十七歳だというのに「よいしょっ」と声を出しながら休憩に入ろうとすると、交代に入った巫女から呼び止められた。

「これ、忘れ物かしら？」

「はい？」

受付の窓のところに置いてあったわよと言われ、差し出されたのは、小さな封筒だった。

メッセージカードが入るような、普通の封筒よりずっと小さなその封筒に、百々は見覚えがなかった。

「お詣りに来た人の忘れ物かな」

宛名側には何も書いておらず、裏側にひっくり返した百々はぎくりとした。

封筒の口はしっかり糊付けされており、封筒の下部に「嫁様専用」と細いシャープペンシルか何かで書かれたような文字があったのだ。

百々は、その場で開けてしまいそうになったが、華のストーカー被害のことは他の巫女たちに言っていないことを思い出し、「ありがとうございます、忘れたことに気づいて取りに来るかもしれないから、事務室にでも届けようかな」などと苦しいいいわけをしながら、奥に引っ込んだ。そのまま、更衣室に入る。百々は、御守りを取り出して、小声で尋ねた。

「ねえねえ、香佑焔。これ、開けちゃっていいかな。でも、華さん宛……いやいや！　華さん、こんなのもらいたくないわけだし！」

大事な証拠だ。しかし、渡しても大丈夫なものだろうか。

御守りの中から、香佑焔の声が響く。

『それは、権宮司に渡せ。おまえがあまり持つな。穢れる』

「え？　何それ、ねえ」

『巫女たるおまえが持つものではない！　臭う！』

最後の「臭う」が気になるものの、香佑焔の勢いに押され、すぐに秀雄に届けた。

華を帰してしまったので、秀雄が代わりに開ける。中身を切ってしまわないように、はさみでゆっくりと端を切っていき、中に入っているものを取り出しかけたが、秀雄は短く呻くとそれを元に戻してしまった。

百々からは、やはりカードのようなものが一瞬見えただけで、何がそこに書いてあったのかは分からなかった。

「あの、また変なことが書いてあったんですか」

百々がおずおずと尋ねると、秀雄はまあそんなものだ、と言葉を濁して教えてくれなかった。明日、華が来たら見せるからと言われ、百々はそれ以上追及できなかった。

翌日、百々が先に神社に到着し、着替えていると華が更衣室に入ってきた。着替えながら、月曜日になったら弁護士に連絡することにしたと、両親と話し合ったことを教えてくれる。それから、昨日のうちにアーケード内の小さな電気屋さんでICレコーダーを買ったと言い、それを取り出して見せてくれた。

「大きなお店じゃないから、これ一つしかないって言われたけど、十分よね」

スイッチを押す練習を、自宅で何度もしたのだそうだ。ポケットの中に入れておいて、朝と夕方の行き来だけオンにするのではなく、いつでもいざというときに、取り出さずにスイッチが押せるようにである。

「できれば、使わないに越したことはないんだけど」

それは、百々も同じ気持ちだった。

「あ、そうだ。あのね、華さん」

百々は、昨日小さな封筒が届いていたことを、華に伝えた。瞬時に華の表情が硬くなる。二人で、秀雄のところに行くと、秀雄も二人がやってくるのを待っていたらしく、すぐにいつも使用している応接室に場所を移した。始め、秀雄は華だけ呼んで、封筒の中を見せた。百々は不満に思ったが、華が「きゃあ！」と叫んだので、ぎょっとした。

そんなにひどいことが書かれていたのだろうか。

「華さん！　大丈夫？」

「気持ち悪い！　いや！」

先程、ICレコーダーを百々に見せて、ストーカーになんか負けないという気持ちになっていた華が、目に涙を浮かべて青くなっている。百々ちゃんは見ない方がいいと言われたが、大丈夫だからと根拠のない自信を振りかざして、強引に見た。

「……え、何、これって……」

まだ高校生の百々には、すぐにぴんと来なかった。確かにカードは入っていた。

非常に小さいカードに、丸く切り取った華の顔写真。その隣に「＋」の記号。

そして。

一本の黒いものが貼り付けられ、下には「＝僕と嫁ちゃんの子供妊娠確定」などと書いてあった。

その黒いものが何か分かったとき、百々は華以上の絶叫を上げた。

「ぎゃあああああ！　気持ち悪い！　気持ち悪い！　いやああ！　バッカじゃないの!?　違った、バカすぎる‼　うげえ‼」

黒いものは、おそらく体毛だ。

しかも、局部の。

大丈夫などという自信は、どこかに消えてしまった。

鳥肌などというものではない。高見が言った通り、これは一方的な感情すぎる。華の気持ちも何も考えない、自分の妄想の世界だけの都合のいい執着を愛情と勘違いしている。

これを送られた華が喜ぶとでも思っているのだろうか。

「これも証拠だ。気分が悪いだろうがね。警察に届けるのは、明日、桐生さんが弁護士の先生に相談してからにしてはどうだろう」

前回の警察の対応に、秀雄も気分を害したのだろう。届け出ないということではないが、他に信用できる相手がいるのなら、そちらの意見も聞いておきたい。そういうことかもしれない。

月曜日、華は神社に来なかった。

百々は夕方も華には会えなかった。

休んだのはやはりあの新たなカードのせいでショックを受けたからだろうか。そんな不確かな推測で百々の方から華の実家に押し掛けるなんてことはできない。高見の紹介した弁護士とは連絡が取れたのだろうか。百々は気になって気になって、しようがなかった。

ようやく華に会えたのは、火曜日の夕方である。

「華さん！　ど、どどうだった？」

駆け寄ってきて、せき込むように尋ねてくる百々に、華がくすりと笑った。普段よりその表情は強張ってはいるものの、一昨日よりはずっといい。

「昨日お電話をしたら、今からでもいらっしゃいと言われて行ってきたの。結構お若い弁護士先生だけど、しっかりした方だったわ。対策としては、百々ちゃんが教えてくれた通りだったけれど、弁護士先生の事務所でも事実確認をして改めて警察に行ってくれるって言うし、犯人のことも可能な限り調べてくださるって」

動けないと言った警察と、調べると言ってくれた弁護士。

当然のことながら、華はその弁護士を頼る。

「引きこもらないで普通に生活をしようとしている私を、誉めてくれたの。負けないで、一緒に戦いましょうって」

百々ちゃん、勝山《かつやま》先生を紹介してくれてありがとう、と華から礼を言われ、百々は自分の手柄でもないのにちょっとだけ嬉しくなった。高見からもらったメモに書かれていたのは、「勝山法律事務所」の住所と電話番号、その所長らしき勝山忍《かつやましのぶ》という名前。百々はそれを華に渡しただけだ。


あーあ、私、もうちょっと華さんの役に立てたらいいのになあ。

下宿に戻ったあと、そう呟いた百々の前に、香佑焔がしゅるしゅると姿を現した。

「たかだか十七の小娘であるおまえが、これ以上何かできるものか」

らだろう。

夕方のお勤めのあとに自宅まで送ったり、高見からのアドバイスを華に伝えたり、できることはやっているつもりだが、今一つ実感が持てないのは、自分自身が動いていないか

「一子とて、自分では動かんぞ。自室で電話一本、それだけだ」

「それができる大おばあちゃんはすごいんだよ」

自分がいつその域に達することができるのか分からず、百々は気が遠くなりそうだった。

「高見のおじ様も、さすが市長だよね。いい弁護士さん知ってるなー。華さん、安心したみたいでよかったよう」

「だから、あのような大人や曾祖母と自分を比べる方が間違っている」

「分かってるって。香佑焔、優しくなーい！」

「周りがおまえに甘すぎるのだ！」

お互い承知の上での言い合いである。実家を離れて暮らしている百々にとって、香佑焔はもっとも甘えられる相手だ。もし、香佑焔なしで高校生活三年間実家から出ろと言われたら、百々はどうしただろう。

「ただね、もうちょっと香佑焔は私に優しくしてほしー」

「甘ったれめ」

「そうだけどさ！」

そう言いながらも、香佑焔はわしわしと百々の頭を撫でてくれた。えへへと百々の頬が緩む。

そんな百々に、再び高見から連絡が入ったのは、木曜日のことだった。

『いやぁ、僕も歳かなあ。こんなに時間かかっちゃって、申し訳ない。これじゃあ、お孫ちゃんのおばあ様に、役立たずか貴様は！　時間を無駄にしおって！　と怒鳴り付けられるだろうなあ』

高見からの急な電話に百々は驚いた。

「なんで！　なんで高見のおじ様が私の携帯にかけてきてんの？　私、番号教えてないよね？」

あ、そうか、大おばあちゃんから聞いたんだ、と納得しかけたのにそれを高見が否定した。

『あっはっは。そんなこと、調べられないとでも？　僕を誰だと思っているのかな』

お孫ちゃんのおばあ様以外では敗れたことのない筋金入りの他人情報大好き人間だよと返されてしまって、思わず百々は自分の携帯を床に投げ捨てたくなった。

ようするに、自分で突き止めたというのだ。

現市長である高見は。

『お孫ちゃんのおばあ様が亡くなられてから、叱咤してくれる人も僕に命令を下す権利のある人もいなくなったもんで、腕が鈍ってしまったんだなあ。まあ、肩慣らしってことで』

「肩慣らしで私の携帯番号調べないで！」

この高見にかかったら、他にどんなことが知られてしまうのだろう。百々は怖くなった。

『怖いかな？』

それを見透かしたような問いかけに、百々はすぐに否定も肯定もできない。

できないことが、肯定の証となった。

『大丈夫。お孫ちゃんの情報に興味ないから。これ以上は調べないよ。それに、僕はお孫ちゃんにプレゼントを贈るって言っただろう？　それには連絡先を知らないとね』

興味はないと言いつつも、百々が下宿に帰り、夕食を終えて自室に戻ったであろう時間を見計らって電話をしてくるあたり、どこまで知られているのか。

番号くらい普通に曾祖母に聞いてもらいたいと百々が抗議するが。

『だから、肩慣らし。お孫ちゃんに協力するためのね。いやぁ、サイバー分野は日進月歩、油断しちゃいけないいけない。置いていかれたかと思った』

置いていかれても、問題ないんじゃ？　と思った百々だが、高見にとってはそうではないらしい。

『土曜日、弁護士の勝山くんが神社に行くからね。僕のプレゼントを持って』

可能なら、僕も都合をつけて行きたいなあと、高見が恐ろしいことを言った。市長が訪問するなんて公に知られたら、どうなるのか。

「だめだよ！　高見のおじ様、市長じゃない！」

『市長がお詣りしちゃいけないなんて法律はないし。私人として昔から氏子やってる神社にお詣りに行くだけだよ。これからも市民の皆様のために尽力できますようよろしくお願い致しますってね』

「私人じゃないじゃん！　それ、市長としてじゃん！」

もはや、言葉に気を使っているどころではなかった。高見の考えていることが、百々にはさっぱり分からなかった。

自分を裏方にしたいのか、表に出したいのか。

『バレるかバレないかのギリギリのところのスリルもまた楽しいんだよぅ』

「バレたら、四屋敷の名前も出るかもだよね……やめよう、高見のおじ様。お願い、おじ様来ないで」

百々の嘆願に、高見は電話の向こうで笑い、仕方ないなあと受け入れた。通話を終えて、百々はごろんと床に寝そべった。

「疲れた……高見のおじ様と話して、なんか疲れた……」

そのままごろごろと左右に転がるだらしなさに、御守りの香佑焔が小言を言おうとしたそのとき。

「……東雲さんにも連絡した方がいいのかなあ……」

百々と佐々多良神社を脅すような写真が送られてきて、それを報告したら、華を送るのをやめるように言われてしまった。それについ反発するような形で連絡をやめてしまい、今日まで来てしまった。一子が高見を百々に引き合わせたのも、東雲が百々のことを案じて一子に連絡してくれたからだというのに。

どうにも気まずかった。

それに、東雲が華に紹介した、佐々多良神社がある地区の生活安全課の女性警官も気になる。

「香佑焔～……私、東雲さんに電話した方がいいと思う？」

百々の問いに、香佑焔は沈黙したままだった。

そして、翌日。

夕方神社に自転車を停めたところ、それを見かけた華の方から近付いてきた。

どうやら、華のところにも勝山弁護士事務所から連絡があったらしく、明日土曜日の朝八時に神社に弁護士が来ることになっていた。

「朝八時？　めちゃくちゃ早くない？」

もちろん、その時間に百々は神社に来ているし、神社も開いていないことはない。

「土日は神社も忙しいだろうからって。そうなる前にお邪魔しますって」

確かに、十時にもなれば、祈祷の申し込みも入り、神社はその準備だの受付だので忙しくなってくる。

それを考慮してのことだろうが、それにしても。

これ、やっぱり高見のおじ様の入れ知恵っていうか、力が働いてるよね……？

百々ちゃんも同席してねと言われ、当然そのつもりだった百々は頷くも、高見のことを考えると、いったい弁護士に何を指示したんだろうと微妙な気持ちになるのだった。

そんな百々の気持ちも知らず、時間は流れ。


土曜日、朝八時。

社務所内の事務室で百々と華が待つ中、勝山弁護士が現れた。

エスカレート

「早い時間帯に失礼いたします。私、こういうものです」

そう言って秀雄に名刺を差し出した弁護士は、百々が想像していたイメージとまったく違っていた。

年齢は、東雲と同じくらいか、それより若いだろうか。髪はきっちり撫で付けられ、隙のないスーツ姿である。ほっそりした体は、一見痩せていて勉強ばかりしているガリ勉タイプ風だが、縁のない眼鏡がそれを少しだけ和らげている。

黒縁眼鏡の秀雄や、太めの銀縁眼鏡の義父は、非常に真面目な印象だし、実際真面目な性格だ。それに比べると、眼鏡の縁がないというだけでどことなくお洒落というか遊びごころのある人のように思えてしまう。

名刺を渡して背をしゃんと伸ばしながら、口元には穏やかな笑みを浮かべていた。百々の印象としては、真面目そうだけれど怖そうな人じゃないし、もしかしたら優しい人かも、とそんな感じだった。

「勝山忍先生……でよろしいでしょうか」

秀雄が確認すると、勝山は少しだけ照れ臭そうに笑った。

「私のような若輩者に先生をつけていただかなくても」

「ですが、もうご自分の事務所をかまえていらっしゃる」

「いえ、勝山弁護士事務所というのは、叔父が所長を務めているものですから。私はそこでどうにか働かせてもらっている程度です」

確かに、高見と知り合いというには、この勝山は若すぎるかもしれない。そうか、叔父さんの方が高見と知り合いなのか、と百々は一人で納得していた。

勝山を伴い、秀雄と百々、華は応接室に移動した。華がお茶を用意しますと出ていき、秀雄が受付に置かれたあの封筒を取りに行ったわずかな時間、百々と勝山は二人きりになった。自分も華を手伝わないとダメかなと腰を浮かしかける百々に、勝山が囁くような小声で話しかけてきた。

「市長からおうかがいしています」

「ひゃ？」

思わず、百々の口から変な声が漏れた。

いきなり、高見のことを言い出されるとは思わなかったのだ。

百々は、わたわたと焦りながら、勝山に尋ねてみた。

「あ、あの、勝山さんが高見のおじ様と直接お知り合いなんですか？　叔父さんじゃなくて？」

「正確には、父が知り合いです」

父は弁護士ではないのですが、市長の公務員時代に縁があったようで、と教えられる。

そうなのかと百々が思っていると。

「父と市長は、市長が公務員時代からの犬猿の仲で」

「はいぃ？」

「その父への嫌がらせも兼ねて、市長は私にいろいろと依頼してくるようになったんですよ」

おかげで事務所は儲かっていますけれどね、と打ち明けられ、百々としてはなんと返していいのか分からない。

大人げないな高見のおじ様、とか、あのおじ様と犬猿の仲って、もしかしてこの弁護士先生のお父さんってすっごく強い人？　あの高見のおじ様相手に、とか、頭の中でぐるぐる想像する。そんな未消化な状態のままでいるうちに、華と秀雄が戻ってきて、話はストーカーのことに切り替わった。

勝山は、秀雄からあの気分が悪くなるおぞましい封筒を受け取ると、中身を確認した。

「妄想が進んでいますね。性的な内容を具体的に書き込んでいます」

「その、つまり……」

怯える華の手を、百々が隣でぎゅっと握った。勝山が、それをちらりと見る。

「桐生さんもショックでしょうし、加賀さんは未成年ですので、あまりこういうことを申し上げては刺激が強いのですが」

このストーカーは、あなたとお付き合いし、結婚し、夫婦になり、子を成し、家族になることを夢想しているのではないかと――。

「いやーっ！　気持ち悪い！」

百々の手を振り払い、華は顔を覆った。

会ったこともないいまだ正体も分からない男から、一方的に自分と結婚して子供を生むのだと、あたかもそれが決定事項のような妄想を押し付けられているのだ。もちろん、それはその男の頭の中だけであるが、寒気がするほどおぞましい。華の意思も人権も無視した、独善的な考えだった。

そんな華の様子に動じることなく、勝山はブリーフケースの中からノートパソコンを取り出した。

それを手早く起動させる。

「実は、これを見ていただきたいと思って参りました。そちらの封筒とともに、これも証拠品として警察に提出し、まずは相手の特定を依頼しましょう。その後、接近禁止を取り付けます」

この勝山という弁護士は、非常にビジネスライクな、有能な男なのだろう。てきぱきとしたその様子に迷いがない。しかし機械的で冷たいのかと思えば、華を気遣うような言動も見せる。

「大変ご不快でしょうが、見ていただかないと先には進めません。気持ちの準備はどうですか？　今は、とおっしゃるなら、これから僕がお見せするものは、桐生さん以外の人間でまず確認しますか？」

そうやって気遣われることで、華は顔を覆っていた手を下ろした。

「すみません……私も観ます」

ごめんね、百々ちゃん、と謝られ、百々は勢いよく首と手を振った。

「ううん！　それより、本当に大丈夫？　華さん、無理しちゃダメだよ？」

「無理したくないけど、やっぱり私がかかわっていることだし。それに、私が嫌だからと言って、先に高校生の百々ちゃんに見せるわけにはいかないじゃない」

華がどうにか自分を奮い立たせた様子に、勝山が頷いた。

「では。こちらは、私の知り合いが偶然見つけたサイトです」

あ、それ、高見のおじ様だ――と百々はピンと来た。高見は、百々に贈り物をすると言った。ネットを利用した情報収集が得意で、教えていない百々の携帯の番号も突き止めた高見だ。これもきっと勝山に教え、百々や華に見せるよう指示をしたのだろう。もちろん、勝山は市長である高見の名前は出さない。

パソコンのモニターが、百々と華、秀雄の方へ向けられた。

「なんですか、こりゃあ……」

ぽかーんとしたように呟いたのは、秀雄だ。モニター画面には赤い鳥居とその前にアップでアニメ調の巫女のイラストが掲載されていた。

手に玉串を持ち、やや斜めの向きから正面に向かって流し目を送るような絵だ。

「これは、巫女さんを愛《め》で語る会員制のサイトです。ようするに、巫女さんフェチ、巫女さんマニア、そういった人たちがどこそこの神社にいるこれこれこういう巫女さんが可愛いだの、巫女さんという存在がどれほど尊いかなど、妄想を語り合い自分の性癖を満足させる場だと思ってください」

「……なんという……そんな破廉恥なものが……！」

機械には疎いであろう秀雄には、非常に衝撃的かつ冒涜的だったらしい。権宮司という立場からしても、巫女は神事にも加わる神に仕える存在だ。

それを、不特定多数の異性たちから、よく言えばアイドルのように、悪く言えば特定の性的嗜好を満足させる対象として、好き勝手に語られているというのだ。

「こんなもの、すぐにでも上に連絡をして……！」

「神社庁にまで持ち込んで、サイトを閉鎖するよう正式に抗議申し立てをしますか？　残念ながら、たとえそれが実行されたとして、こういうものが完全になくなるわけではないと思われます。逆に、裏サイトとして今以上に見つかりにくくなるだけです」

勝山の言葉に秀雄は、それは困る、しかし、などとぶつぶつ呟いたが、結局黙り込んだ。

勝山は、ログインのため、複雑なアルファベットと小文字の組み合わせを打ち込んだ。

「中を確認するために、あえて会員に登録しました。もちろん、私に巫女という職業への性癖はありませんので、ご安心ください。あくまで、サイトをチェックするための登録です」

ログインすると、会員のページに飛ぶ。勝山は「しゅんしゅん」というハンドルネームで登録していた。それを見て、百々は叫びそうになり、慌てて口を押さえた。

しゅんしゅんて――高見のおじ様、なに考えてるのー‼

高見の名前は、駿であり、「しゅんしゅん」は、あきらかにそのまま使っている。おそらく、これも高見の指示なのだろう。もしかすると、登録まですべて済ませてから、勝山に引き継いだのかもしれない。

バレるかバレないかのギリギリが楽しいと言っていた高見が、本当にそう考えていることを、百々は改めて知り、衝撃を受けた。

祖母の知り合いの優しいおじさん、という印象は完全に崩壊した。もちろん、百々の葛藤など、ここにいる人々には当然伝わらない。

「分かりますか。いくつかのトピックスがあるのを」

勝山はサイト内のトピックスにマウスのポインターをそれぞれ合わせながら百々たちに見せる。

そこには「ご利用にあたって」「挨拶トピ」などの平凡なタイトルのものから、「写真撮っちゃいました」「今日の巫女様」「妄想部屋——巫女のいけない一日」「イチオシ巫女コンテスト」など、どうにも怪しいものまである。

「それなりに良心的な管理人らしく、写真は本人の許可なく顔を出してはいけないと会員に呼び掛けてはいるんですが」

勝山が「写真撮っちゃいました」をクリックすると、巫女の写真が多数表示された。トピックスのタイトルからよからぬ写真を想像したが、意外と普通のものだった。

中にはちゃんと許可を得て撮影されたものらしい巫女の写真もあり、それは正面を向いてきちんとポーズをとっているから分かる。なるほど、良心的な会員もいないわけではないのだ。

しかしスクロールしていくにつれて、怪しげな写真も出てきた。これらは許可を得ずに勝手に撮影したものだろう。

そのほとんどは、顔を写していないか、モザイクをかけてあったりスタンプを押してあったりはするが、コメント欄に神社名が書いてあるものが多く、これでは特定されてしまいかねない。

また、目に黒いバーを乗せただけのものは、もはや隠していないも同然だった。

「ざっと二ヶ月分は確認させていただきました。それだけでも、桐生さんの写真は四十五枚です」

勝山は、手元にメモ帳を取り出して、それを確認しながらページを進めていった。

「ああっ！」

「これ！　華さん！」

そこには、受付で御守りを渡している華の姿が載っていた。目だけ横長のバーで隠してあるものの、容貌や髪型、体型などですぐに分かる。

百々の横で、華が真っ青になった。

「そんな……勝手に撮られて……大勢の人に見られて……」

「以前は社務所の外でも働かれていたので、撮りやすかったようですね」

勝山は、他の写真も映して見せた。境内を掃いているところから、参拝客に礼をしている姿、大きいゴミをかがんで拾っている様子まで撮られていた。

「ひどい……こんな……」

華のそれはどれも盗撮だった。

華の写真を投稿しているのは、当然すべて同じハンドルネームの人間だった。

『みっくん@嫁は巫女』──いかにもふざけたネーミングに失笑しそうなものだが、この「巫女」が華のことを指しているだろうと思えるので笑えない。

「しかも、このみっくんとかいう会員はですね」

勝山は、こともなげに他のトピックスをクリックした。そこは、ネット掲示板らしく、各々が好き勝手に書き込んでいて、言葉のラリーになっているものもあればただ呟いているようなものもある。

その中に、みっくんの書き込みがいくつも見られた。

『今日の俺の嫁ちゃんの通勤スタイルは、紺色のコートにチェックのマフラー、スカートはそろそろやめた方がいいよね、下半身冷やしたら嫁ちゃん、体によくないよ』

『今日も神社でいじめられてる俺の嫁ちゃん、気の毒過ぎる、受付の場所を取られて奥に引っ込められてる、いくら可愛いからって他の巫女全員でいじめるってひどくないか』

「いじめてないもん！　誰も華さんのことといじめてないよ！」

とんでもないコメントに、百々が叫んだ。

「もちろん、分かっています。これは、あくまでもこの男の妄想の世界での認識ですから」

必死な百々に、勝山が苦笑した。

『いじめられてる』というコメントには『かわいそう』『いじめダメ、絶対』『神に仕える立場にあるまじきだな』などの書き込みがされていた。

それに対しては、『だよね』『ありがとう!』などと返信しているが、『それ、勘違いなんじゃ』『巫女だって職業みたいなもんだから、そーゆーローテなんじゃ?』という書き込みはスルー、つまり無視している。

「自分に都合のいい言葉だけを受け入れている、そういうことでしょうか」

姿を見せることも堂々と告白することもせず。

ネットの中で自分勝手な願望の世界を言いふらし。

それに反応を返してもらうことで他者との繋がりを感じ、さらにエスカレートさせる。

「最近の書き込みは、これのことでしょうね」

勝山は、受付に届いた気色の悪い封筒を指でつつくと、最新のコメントを出した。

『俺の嫁ちゃん、ベビーができそうなんだよね。そしたら、巫女はちょっとお休み、神様ごめん、嫁ちゃんは俺一途だからさ』

「も、もう……もうやめてください……」

華が両手で顔を覆って泣き出してしまった。当事者ではない百々でも十分気持ち悪い。

この男の妄想の中で、華は妻であり妊娠するという設定ができ上がっているのだ。実際は、顔も本名も知らない相手とである。

華がこれ以上サイトを見ることを拒否したので、勝山もログアウトしてパソコンをシャットダウンさせた。

「ご不快でしょうが、我慢してください」

これは、あくまでも証拠であり、そして手がかりなのですと勝山は事務的に言った。

「警察には私が行ってきます。この封筒とサイトの書き込み、盗撮写真の投稿を見せた上で、サイトの管理人に、この書き込みをしている男の情報を公開してもらうよう警察から働きかけてもらいましょう。」

会員になるからには、多少なりとも個人情報をサイトに登録しているはずだ。アカウントやメールアドレスなどから人物をある程度特定することも可能だろう。

「特定できたところで、警察の方から接近禁止を言い渡してもらいましょう。また、精神的被害を被ったということで、慰謝料を請求できます。それでストーカー行為をやめるケースも結構あるんですよ」

ストーカーといえど、ネットの世界から離れてしまえば、現実の社会に生きる人間である。自宅に警察が来て、証拠品としてパソコンや携帯などを押収されたり、実際に己に多額の金銭が要求されたりすることでまずいと思い、行動が改まることもあるのだという。

「しかし、全部が全部、そういうわけではありません。むしろ、逆上して直接的な接触を図ってくる可能性もあります」

それについては、高見が百々に語っていた。

愛情が憎悪に。

憎悪が殺意に。

これほど愛しているのに、何という仕打ちだ、ひどい、許せない、自分を裏切ったおまえが悪いと、理不尽極まりない負の感情を抱くというのだ。

「ですが、相手を突き止めなければ、ストーカー行為はこれからも続きますしエスカレートもしていくでしょう。私の方から警察に届け出てかまいませんね？」

本当は高見から話が回っているとはいえ、あくまでも勝山は華に依頼された弁護士である。依頼人が同意しないことを、警察に話して手配することはできない。それまで顔を覆って震えていた華が、手をゆっくり下ろした。

顔は青ざめていたが、泣いてはいない。むしろ、きっと唇を引き結んでいる。

「お願いします、勝山先生」

どちらかというと、控えめな印象の華だが、このときばかりは決意のこもった表情できっぱり言い切った。

百々は、そこに芯の強さを見た気がした。

日頃消極的で人に譲りがちな華だが、だからと言って弱いわけではない。

むしろ、明らかになっていくストーカー行為にショックを受けながらも、負ける気はないのだ。

「分かりました。それでは、十分周囲に気を付けてください。うまくいけば、来週前半にでもこの人物の素性は判明するでしょうし、このサイトからも強制退会になるかもしれません。その際には、投稿された写真やコメントも削除してもらうようサイトの管理人に要求を出します」

勝山は、てきぱきと荷物をまとめると立ち上がった。それに合わせて、百々たちもソファから腰をあげる。三人で、社務所の玄関まで勝山を見送った。

その日の夜、下宿に戻って夕食を終え、自室に入った頃を見計らったかのように、高見から携帯に連絡が入った。

「……高見のおじ様も、ストーカーやってないよね？」

あまりにタイミングがよかったので、百々はつい疑ってしまった。祖母にストーカー行為をしていたと、堂々と言い放った男なのだ、高見は。

『そんなことしないしない。お孫ちゃんのおばあ様以外にするわけないよぅ』

「おばあちゃん、気の毒……」

『いやいや、僕はあの方の忠実なる下僕だったからね。ご主人様のお役に立つために、どんな情報も集めて知っておかないと』

それよりも、と高見が続けた。

『勝山くんから連絡をもらったよ。これで警察が動いてくれたらいいねぇ。まあ、これでも動かなかったら、次の手を打てるんだけれどね』

「おじ様はこれ以上何もしないでね！　現職の市長さんなんだからね！　やめてね！」

十七歳の自分にこんなに心配させるなんて、どういう市長さんなんだ！　と電話を切りながら、百々は深い深いため息をついた。

弁護士の勝山が警察への手配も請け負ってくれたため、華はここ数週間の中で一番気持ちが軽くなった様子だった。秀雄も、まだストーカー行為が止んだわけではないからと、巫女の仕事の配置は変えなかったが、表情や動きが久しぶりに軽やかなのが、百々にも分かった。

高見のおじ様、いい弁護士さんを紹介してくれたんだなぁ。

今回の件で、自分の中の高見への印象は大きく変わったけれど、力強い味方であることに間違いはなく、心の中でありがたく思った。


週が明け、勝山が証拠品とパソコンを持って警察に赴いたあと、初めて警察官が神社を訪れた。

百々はそのとき学校に行っていたので、あとから華に教えてもらった。

「昼間にね、東雲さんから紹介してもらって、最初に対応してくれた女性の警察官の方が見えられたの」

同僚をもう一人連れてきた女性警官は、まず、自分が不在だったときの対応を秀雄と華に詫びた上で、改めて話を聞いてくれたそうだ。

さすが東雲さんが紹介した人だなー、いい人を紹介してくれたんだ、と思いつつ、百々は胸がちくりと痛んだ。

百々は、やはり華を送らない方がいいと言われ、それに反発して以来、東雲に連絡を取っていなかった。子供っぽいとは理解している。しかし、非情にも華を見捨てろと言われたような気持ちになってしまい、東雲に逆らってしまった。

東雲は、百々を心配してくれていただけだと、冷静になればちゃんと理解できる。しかも、四屋敷にも連絡を入れ、おかげで曾祖母の一子から高見、勝山と繋がり、こうして警察も動いてくれることになった。

なのに、百々だけが動けないでいる。

何もないのに電話をすることが躊躇われ、どうにも連絡できないのだ。

その後の経過を報告すべきだと思いつつ、女性の警察官が来たんだったら、その人がきっと連絡してくれるよね、だって東雲さんの知り合いみたいだし、と思ってしまうし、それに対して何故か面白くないとも思ってしまう。

華の気分が少しずつ上向くのに反比例するように、百々は気持ちがふさぎがちになっていった。

しかし、そんな百々の態度を見逃すほど友人らは甘くなかった。

「ちょっと百々？　最近暗いんですけど」

比美《ひみ》が百々の後ろから肩をつついてきた。それに触発されたかのように、他の友人たちも口を開く。

「前に話してた絵馬の件、まだ続いてんの？　あんた、巻き込まれてんじゃないでしょうね」

口調はきついが、みな百々を心配してのことである。

「えー、あー、うん、大丈夫だよー」

「大丈夫な口調じゃない！」

適当な返事をして、倍怒られる。特に厳しい友紀恵から。

だったら、と机に突っ伏しかけていた体を起こす。

「お世話になった人に、ひどいこと言っちゃったんだよう。すっごく気まずくて、でも何か連絡しづらくて、ああもう！　みたいな感じなんだけど、どうしたらいいと思う？　あ、希乃子は答えなくていい」

「なんだとう？　百々の分際で無礼者め！」

ひどい言われように、希乃子が百々の頭を拳でぐりぐりするも、周囲は「まあ、希乃子じゃねー」「建設的な意見は期待できないよねー」などと、百々に妙な同意をしてきて、希乃子をさらに怒らせた。

「そんなん、メールの一つも送れば、解決じゃね？」

「それがなかなかできないから、困ってるんじゃないかー、友紀恵ちゃんのバー……」

「バカって言おうとしてんなら殴る」

笑顔で拳を振り上げられ、百々は口をつぐんだ。まさか友人らに、相手は警察官だとか年上の男性だとか、本当のことを言うわけにはいかない。それでも、友人らの遠慮のない言い方と、その中に感じる百々を案じる優しさに、その場はほんの少し気持ちが楽になった。

だが、それでも解決したわけではない。

学校が終わって、神社に行き、巫女の姿に着替えて、本殿周囲を掃き清める。

一人で竹箒の柄を握りしめながら、百々は大きなため息をついた。

「全然解決してないじゃん……」

そんな百々を叱るように、懐に入れた御守りがちりりと反応した。

主祭神の御前で、心ここにあらずの態は無礼だ、そういうことなのかと百々が慌てて手を動かすと。

『百々。誰ぞおまえを覗いている』

「ひゃっ？」

頭の中に響いてきた香佑焔の声に、百々はあやうく竹箒を取り落としそうになった。

「ど、どこ？　どこどこ！」

『む。気配が遠ざかった』

キョロキョロとあちこちを見回すものの、百々にはまったく見つけられなかった。人気はほとんどない、しかし、まったく誰も来ないわけではない。周囲の木々など構造上遮るものの多いこの場所は、どこかで誰かに見られていたとしても、分かりづらかった。

「香佑焔。それって、他の巫女さん？　それとも、例の？」

例のストーカーが、華がいるのではないかと思い、こっちを覗きにきたとか？　と百々が尋ねる。しかし、香佑焔は明確な答えを返せないようだった。

香佑焔とて、百々の交遊関係をすべて把握しているわけではなく、むしろ人間にさほど興味があるわけではないので、持ち歩いていても高校の友人ら一人一人の名も覚えない。

不用意に御守りから出てきて百々の周囲を見張ることもしないし、気配は感じても個として認識していないので、誰かと聞かれても答えようがないのかもしれない。

『ただ、おまえを見ていたように思う。あの年上の友人と間違えたわけではあるまい』

「私を？　じゃあ、他の巫女さんとか神主さんとかかな」

　掃除をさぼっていたように見えたらどうしよう、と百々が焦る。

『あまり好意的な視線ではなかったように感じた。くれぐれも注意せよ』

「注意……まさか私にもストーカーが！　巫女さん可愛いとか言って！」

『それはなかろう』

　あまりにもあっさり言い捨てられ、百々はむくれた。どうせ私には華さんみたいな清楚さとか、他の人みたいな落ち着きとか美人の要素とかないもん──！

　高校生の自分が勝てるのは若さだ！　と思うが、それだけかー、とがっくりする。

『外見などどうでもよかろう』

「どうでもいいなんてこと、あるわけないじゃん！　私だって女の子なんだからね！」

『おまえの本質は、在巫女見習いであり四屋敷の次期当主であること、それに尽きるのではないか』

　それ、男の人にモテる要素ゼロだよね、と百々はさらに肩を落とした。

『おまえは呑気に過ぎる！』

　堪りかねたように香佑焔の声が厳しくなる。

『おまえ自身のストーカーでなくとも、おまえの友人のストーカーがおまえを狙うことも十分あり得るではないか！』

そう言われて、百々はようやく思い当たった。以前華に送られてきた写真は、百々の顔に激しくバツ印をつけてあったではないか！　それで百々も危険かもしれないということで、東雲と言い争いになったのだ。

その後、高見という味方を得て、さらに弁護士の勝山も乗り出してきて、警察も動いてくれた。その安堵感で忘れていたわけではない、だが油断していたのも事実。今の気配も、ストーカーが華を探して間違ってここに来た程度の認識だった。

甘かった――香佑焔が怒るくらいには気が緩みすぎていた。

「そっか……も、もしかして、私もあんまり一人にならない方がいい？」

『おまえは……今さら何を言って……』

香佑焔が絶句した。その後、しばらく香佑焔の説教が続いたのは仕方ない。

百々が、いかに無謀で思慮が浅いか、こんこんと諭された。今回のことだけでなく、しばらく前にかかわった幸野原稲荷神社のことにもおよび、さらにそれ以前のことにまで話が広がったところで、百々は香佑焔にストップをかけた。

「分かった！　分かったから！　まだ十七歳なんだもん！　分かんないことがたくさんあったって仕方ないじゃん！」

『仕方ないではすまん！　今からでも遅くない。一子に申し出て、この神社の修行を辞めさせてもらえ！　あれの近くで見聞きしている方が、よほど修行となろう！』

「やだよ、そんなの！」

代々、四屋敷の跡取りは、佐々多良神社に預けられる。修行という名目で、三年間。何をするわけでもない。巫女姿になって、神社の敷地内の清掃やら社務所の雑事やらを行うだけだ。ときには神事に参加させてもらうこともあるが、それは神主としてではない。だから、香佑焔の言う「現当主の側にいた方が修行になる」云々はあながち根拠がないわけでもない。

しかし。

「大おばあちゃんだって、ご先祖様たちだって、ここに預けられてきたんだから、意味のないことじゃないでしょ。きっと何かあるんだよ」

今の百々にはまだ分からないが、きっと、三年間を終えたとき、何か納得できるようになっているのだ。そう思っている。

「それに、どっちにしろ高校を卒業したら四屋敷に入るんだし、今くらい好きにさせて！」

『ならば、もっと己の周囲への警戒を怠るな！』

「そこは、香佑焔がいるじゃん」

『──っ‼』

今度こそ香佑焔が怒り心頭でぎゃんぎゃん怒鳴ってきたが、百々はそれを無視した。香佑焔が心配してくれていることは分かるし、自分の不注意も認める。しかし、この神社を去って四屋敷に戻れという香佑焔の意見には従えなかった。

やがて、諦めたのか呆れ果てたのか、香佑焔の声がやんだ。百々は、掃き掃除を終え、社務所に戻り、事務室のお茶殻の始末やら軽い掃除やらをしてから、更衣室で着替えた。

着替えが終わる頃に、華が入ってくる。

そこで華から、今の状況を聞くことができた。

サイトの管理人に警察から連絡が行き、登録してある個人情報を入手したらしい。サイトに無断で掲載されていた華の写真は、すべて管理人によって削除された。

サイト自体を閉鎖されるより、いきすぎた会員を罰する方を選んだのだろう。

「会員登録までは抹消されていないけれど、当分書き込めないようになったんですって。ええと、ペナルティ？」

その間に、警察がその男のところへ行き、任意で事情を聞き事実確認をすることになるし、勝山は勝山で接近禁止の他に慰謝料による示談、もしくは接近禁止を破った場合の違約金の交渉をしに赴くことになっている。むろん、当分の間はまだ警戒が必要ではあるが。

「これでどうにか収まってくれないかしら」

華は、そう言ってブラウスのボタンをとめると、ロッカーを閉めた。

「そいつの名前とか聞いた？　華さん」

いつものように二人で帰路につく。自転車を引きながら、百々が尋ねた。

「ええ、沢渡《さわたり》という人だそうよ。三十三歳の独身男性なんですって」

その年齢は、東雲と一歳しか違わない。なのに、この差はなんだろう。

いけない、いけない、こんなアホストーカーと比較しちゃ、東雲さんに失礼だ――！

百々は、頭の中でぶんぶんと首を振った。


やがて、華の実家の洋菓子店についた。じゃあ、と百々が自転車に乗ろうとしたら、華に呼び止められた。

「ちょっと待っててね」

店の中に入っていった華は、ほどなくして小さな紙袋を持って出てきた。

「これ、よかったら」

「え、いいよ！　なんか、ちょくちょくもらってるし！」

「余り物なの。百々ちゃんにもらってもらえると嬉しいわ」

余り物だと言いつつ、いつも賞味期限に余裕のある焼き菓子を包んでくれる。華にしてみれば、いつも送ってくれる百々へのささやかなお礼のつもりなのだろう。

これ、そのうち太ってくパターンだよね？　くそー、美味しいから断らないけど！

百々としては微妙に複雑な気持ちだった。この日も結局、ありがたくお菓子をもらった。

「気を付けてね、百々ちゃん」

「うん、おやすみなさい、また明日！」

夕方とはいえ、冬も近い。まだ商店街のアーケードの下だからそれほど暗さは気にならないが、そこを抜けたらライトをつけないといけない。百々は、自転車を押すスピードを速めた。

昔は流行《はや》っていた商店街も、近年は郊外の大型店ができた影響で客足が遠のき、本当なら会社帰りの人たちで賑わっていい時間帯でもさほど人通りは多くない。それでも、歩道からはみ出して車道を歩いている人もいるから、気を付けて通っていかなければならない。

百々はアーケードを抜ける少し手前で細い通りの方に曲がってから、自転車にまたがった。ちょっとした抜け道であり、そこさえ抜けてしまえばまたいつもの広いバス通りに出て、橋を渡って下宿先まで行ける。

自転車を漕いでいく百々のポケットで、不意に御守りが大きく跳ねた。

「へ？　こ、香佑焔？」

いつものぴりっとした感触ではなく大胆な動きに、百々は驚いて自転車のブレーキを強く握った。

ブレーキで急に減速した瞬間。

いきなり民家の塀の陰から、棒のようなものが飛び出し、自転車の前輪に突き当てられる。

その衝撃に、バランスが崩れた。

「きゃあ！」

自転車ごと横倒しになって地面に打つところだった頭を、香佑焔の手がふわりと包んで護ってくれた。

「こ……」

香佑焔、と言おうとした百々は、塀の陰からのそりと出てきた男にぎょっとして固まった。

パーカーのフードをかぶり、外が暗くなっているにもかかわらず濃い色のサングラスとマスクをつけている。太めの体は、百々が下から見上げているせいか、大きく見えた。怖くなって後ずさろうとするも、足の上に自転車が乗っていて、うまく動けない。

痛みより恐怖で、百々は声が出せなかった。

四屋敷の跡継ぎとして神の力と対峙するときは、恐怖など感じない。

むしろ、生きている人間の方が、恐ろしい。

なんと言っても、百々は非力な十七歳の少女なのだ。

「おまえが悪いんだ」

マスクの中、くぐもった声が百々に向けられる。
「僕と嫁ちゃんの邪魔をするおまえなんか消えちゃえ」
こいつ、ストーカーだ――!!
百々は、動かない体の代わりに、頭の中で瞬間的に考えた。
東雲さん――東雲さん、呼ばなきゃ！
って、違う！　声！　ここは大きな声出さないと！
男が一歩、じゃり、と音を立てて百々に近づいた。
手に棒のようなものを持っている。
それを先程自転車の前輪に突っこんだのか。
男がもう一歩踏み出す直前――。

わんわん！
ぐるるる！　がう!!

百々の背後の家から、突然犬の鳴き声がした。それに呼応するように、周囲の家の飼い犬が一斉に鳴き出す。あきらかに威嚇し敵意をもったようなその鳴き声に異変を感じてか、いくつかの家の玄関が開き、人の声がし始めた。

「ちっ！」

忌々しそうな舌打ちを残し、男は百々に背を向けて走り去った。その際、「くそブスもくそ神社も、全部ぶっ壊してやるからな！」と不穏な捨てぜりふを残していった。

呆然とする百々の肩を包むように、香佑焔が支えてくれる。

「大丈夫か、百々。咄嗟に周囲の獣どもを刺激したが」

「こ、香佑焔が？　香佑焔が、犬を鳴かせたの？」

「言ったではないか。私はおまえに触れることはできても、他者に触れることはかなわないと。おまえを護る術は、あまりにも限られる」

香佑焔の声に、百々の無謀さを責める響きはなかった。ただただ、百々を案じるだけ。

それが百々に伝わり、百々が香佑焔の腕にすがり付こうと身を捩《よじ》った途端。

「ったぁぁぁぁぁ！」

自転車の下敷きになった足が、ずきんと痛んだ。それだけではない、倒れた拍子に打った腰と尻も鈍い痛みを訴えてきた。

ようやく犬を鳴きやませた近くの民家の住人が、道で自転車ごと転んでいる百々を見つけて、自転車を起こしてくれた。香佑焔は、百々の動きが不自然にならない程度に体を支えて立たせてから、しゅるりと姿を消した。

どうにか立てた百々は、心配する人たちに大丈夫だと頭を下げて、自転車を引きずって細い道からバス通りに出た。そこで自転車のスタンドを立て、へたりこむ。ガタガタと体が震えてくる。

自分も危ないかもしれないと言われていたのに。

いざ、こうやって不意打ちで襲われると、自分の身一つ守れない。

強張った指で、通学鞄の中からどうにか携帯を取り出す。震える指で、電話をした相手は、東雲だった。

あれほど連絡を取ることを迷っていたのが信じられないくらい、百々は一番に東雲にかけた。

彼しか思い浮かばなかった。

『はい。東雲です』

いつものように二コールで出た東雲の声に、百々の中で急激な安堵感が沸き起こる。

「し……っ、東雲……っさ……っ！」

普通に話そうとしたのに、声が詰まった。そのまま泣き出しそうになるのを、ぐっと堪える。そんな百々の声に、尋常ではないものを感じ取ったのだろう。

『どこですか。神社ですか。それとも桐生さんの自宅近くですか』

百々に声をかけながら、ごそごそと支度をしている気配が伝わってきた。こちらに来ようとしてくれているのだ。何度か名前を呼び掛けられ、百々はどうにか自分がいる場所を伝えた。

『切らないでいてください』

「は、はい」

『今、そちらに向かっています』

「あ、えと……運転中じゃ……ごめんなさい、切りますね」

『そのままで！』

前に呼び出したときは、運転するから切ると言われた。しかし、今はそのまま通話を続けろと言う。

「けど……」

『切らないでください。黙っていていいですから、そのままで。それと、周囲に十分注意して。そこは明るいですか？　車の通りは？』

黙っていていいと言いながら、東雲は矢継ぎ早に尋ねてきた。マンションの側で、それなりに明るく、道路も広いので、車も通る。

歩行者が、百々を怪訝な目で見て横を通りすぎていった。少なくとも、人が歩いていて、これだけ明かりがあると、あの男が戻ってきてもう一度襲ってくることはないだろう。そんな状況だったが、百々は緊張から携帯を強く握りしめたまま動けなかった。ただただ、時々漏れてくる東雲の声を聞き逃すまいと、強く耳に携帯を押し当てていた。

時おり、東雲は自分が通っている道を伝えてきた。それで、百々は東雲がもうすぐ来てくれるのだと実感できた。

やがて。

「加賀さん！」

近くに見慣れた車が止まった。運転席から、東雲が降りてくる。

見つけてくれた――。駆けつけてくれた――！

百々の手から、携帯が滑り落ちる。自転車の側にしゃがみこんでいる百々の前で、東雲は膝をついた。

「大丈夫ですか！」

「し……っ、東雲さ……っ、怖かった……！」

思わず両腕を伸ばすと、東雲は宥めるように百々を抱き締めてくれた。背中をぽんぽんと優しく叩かれて、百々は思いっきり泣き出してしまいそうになる。

だめ――堪えないと。分かってたことじゃない、危ない目に遭うかもしれないって。それを心配してくれてた東雲さんに、失礼なこと言ったのも私だし……なのに、来てくれた――！

「ご……ごめ、なさい……こんな時間に、急、に、電話……」

「いくらでも電話してください。自分、大して役には立てませんが、必ず来ますから」

いつもと変わらない東雲の態度に、百々は今まで変に意地を張って勝手に気まずい思いをしていたことを恥ずかしく感じた。立てますか、と尋ねられ、東雲の腕に掴まって立つも。

「いた……ったたたた……!」

両方の膝と、自転車が直接乗っていた右足の方は脛まで無惨に擦りむいて血が出ていた。東雲が駆けつけるまで自分の怪我を確認する余裕もなかった百々は、自分の足を見て驚いた。それと、腰と尻、どちらかというと尻の方が痛かったが、それは東雲に言い出せなかった。そこは、さすがに十七歳の女の子である。

膝と右足の他はと尋ねられ、左の足の付け根とか腰が痛いとだけ言うにとどめた。

でも、これ、絶対に後から内出血とかして青くなるよね。お風呂で確認しとこう……。

歩けますかと言われ、一歩踏み出した百々は、足と腰と尻の痛みで思わずよろけた。つい、東雲の腕にすがりつく。自分からそうしておいて、顔がかぁっと赤くなるのを感じた。夜なのできっとそこまで東雲には見えないだろうと、百々はほんの少しだけ安心したが。

「失礼します」

「へ……ひゃああ!」

停めてある車までのほんの数メートルなので、それほど距離があるわけではない。その距離を、ひょいと抱き上げられて運ばれた。

びっくりしすぎて、間の抜けた悲鳴をあげたあと、百々は今度こそ顔から火を噴くほど真っ赤になった。

お、おおおお姫様抱っこだよね、これ！　お姫様抱っこされちゃったよおおおおお‼

東雲は、百々を自分の車の後部座席に乗せると、次は自転車と通学鞄を取りに行った。車の後ろのトランクに、自転車を入れる。入りきらず、トランクが少し開いていたが、東雲はそのまま運転席に座ると拾ってきた携帯を鞄に入れて百々に渡し、車を出した。

「あの……どこに行くんですか？」

下宿に送ってくれるものとばかり思っていた百々は、車が違う道に曲がったので、あれ、と思った。もしや、実家の四屋敷だろうかと思ったが。

「医者に行きます」

「え……え？　い、いやいやいやいや！　大丈夫ですよ！　消毒して絆創膏貼っとけばこれくらい！」

百々としては、擦りむいたくらいで、という感覚だった。

「行くべきです！」

いつになく強い口調の東雲に、百々はぎょっとした。その気配を感じてか、東雲が「すいません」と声を荒らげたことを詫びた。

「今はまだショックで痛みが麻痺している部分もあるでしょうし、暗いので傷を正確に確認できていません。しっかり診てもらった方がいいです」

「は、はい」

「そして、診断書を書いてもらいましょう。大変申し訳ありませんが、あとで傷の写真を撮らせてください」

「え……」

「これは、桐生さんのストーカー事案だけではすまないということです。加賀さんが被害者である傷害事件です」

「傷害……被害者……」

百々は、東雲の言葉を反芻した。

華のストーカーにやられたという自覚はある。あの捨てぜりふだ。

「くそブスもくそ神社もぶっ壊してやる」と言われた。

怖かった。

あのとき、香佑焔が近所の飼い犬を一斉に鳴かせ、それで住人たちが何事かと出てこなかったら、どうなっていたことか。

だが、百々は自分が被害者だと言われ、また別のことを考えついた。

「待って……待って、東雲さん！　車、停めて！」

後部座席から、運転席のヘッドレストを掴む。東雲はウインカーを出し、車を路肩近くに寄せて停めた。

「どうしました、加賀さん！」

珍しく血相を変えて東雲が振り返った。百々の具合が悪くなったのではと思ったらしい。

「華さんから聞いたの！　ストーカー、誰か分かったんですよね？　名前、教えてもらったから」

「はい」

華は、相手が沢渡という三十三歳の独身男だと百々に教えてくれた。あの巫女フェチの集まりのサイトに書き込めないようになったとも。弁護士の勝山から華へ連絡が行くくらいだ、警察も犯人を把握しているはず——いや、もう自宅を訪れて話くらい聞いているかもしれない。そのように華が言っていたではないか。

「電話……携帯……」

百々は、自転車と一緒に東雲が運んでくれた高校の鞄を開けて、ごそごそ探した。中から、携帯電話を取り出す。番号を探してかけながら、東雲に尋ねる。

「あの！　警察の人、もうそいつの家に行きました？　本人に会ったんですか？」

「自分が直接捜査しているわけではないので。確認が必要ですか」

「お、お願いします！」

百々に長々と説明させるような東雲ではなかった。理由を聞かなくても、動いてくれる。

その誠実さに改めて感謝の気持ちを胸一杯に感じていると、相手が出た。

『もしもし。お孫ちゃん？』

「た、高見のおじ様！」

電話の相手は、高見だった。

神様が関係しているならば、百々は一子のところに連絡しただろう。しかし今回は、華によからぬ妄想を抱いてつきまとっているストーカーだ。百々は、一子ではなく高見を頼った。

高見に、先程ストーカーに襲われたことを伝えると、高見が『あー、タイミングが悪かったんだねえ、きっと』と言った。

タイミング。

それは、何のことか。

『サイトの管理人の対応が早すぎた。もしかすると警告も犯人に行ったのかもしれないね』

警察沙汰になっている、犯罪行為として警察が介入してきた、とサイトの管理人が先回りして知らせたのではないか。

その上で、サイトから一方的な締め出しをくらったのではないか、と。

それが最初に行われていたとしたら。

「加賀さん」

高見の話を聞いていた百々に、東雲が声をかけた。

「所轄に確認しました。サイトの管理人から情報を入手して自宅に向かったものの、直前に自宅を出ていて任意の事情聴取はできなかったそうです。その際、使用していたと思われるデスクトップのパソコンの存在を本人の自室で確認しましたが、その他に所有していたノートパソコンがなくなっていると家族が言っており、持ち出した形跡があると」

『お孫ちゃん。携帯、スピーカーに切り替えて』

「え、いいの、おじ様」

お孫ちゃんを間に挟んでたら、時間がかかってしょうがないと言われ、百々は躊躇いながらも通話をスピーカーにした。

『はじめまして。東雲天空警部補だね』

東雲の眉が、ぴくりと動いた。「はい」と慎重に返事をしながら、不審そうに百々に視線を走らせる。百々は、頭を横に振った。

東雲のことを詳しく高見に話した覚えはない。ならば、考えられることは二つ。

一子に東雲の存在を聞いたか、自分で探り当てたか。

きっと後者なのだと思い、百々はどきりとした。このまま会話を続けていたら、高見の正体が東雲にバレてしまうのではないか、と。そんな心配を、高見はあっさり裏切った。

『僕は高見駿と言います。市長をさせてもらってます。公務員相手に選挙活動はしないから安心していいよ』

ぎょっとした東雲が、大きな目をさらに大きく見開いた。高見がここまで平気で自分のことを暴露するとは思わず、安易に連絡を取ったことを早くも百々は後悔し始めた。

「あのね！　あのね、おじ様！　間違ってたらごめんね？　私のこと襲ってきたそいつね、私のことも神社のこともぶっ壊すって言ってたの。それって、佐々多良神社に何かするってことかな？」

百々を襲ったのと同じように。

佐々多良神社は華を表向きの業務から外し、こともあろうか連れだって警察に被害届を出しに行った。沢渡が、百々と神社のことを、自分と華を引き裂こうとしている敵だと認識したのだとしたら。

『沢渡貢《さわたりみつぐ》くんは、警察が自宅に来るって感づいていたんだろうねえ。まずは、警察がサイトの管理人に釘を刺しておかなきゃいけなかった。警察が本人に聴取するまでみっくん@嫁は巫女くんにどのような形であれ接触しないよう、サイトも現状のままで、ってね』

沢渡が勝手に載せていた写真が削除されたことを、華も百々も喜んだが、それは、やってはならなかったと、高見は言った。

『そりゃあ自暴自棄にもなるよね。サイトからは締め出されて自分が投稿し続けた写真は削除される、警察は自宅に来る。ああ、みっくんは自宅警備員だから。老いた両親にパラサイト。仕事もしないで、日がな一日パソコンの前にいるか神社の物陰から巫女さん観察して喜んでるだけの男だから』

何故そこまで詳しく、と東雲は呟いた。高見のストーカー気質を舐めていたことを、百々は痛感していた。

一度かかわったのだ、高見は。

尊敬し敬愛し崇拝する亡き祖母の孫である百々に。

そして、百々の電話番号を自力で探り当てて電話までしてきたのだ。そのまま百々が首を突っ込んでいる華へのストーカー事件について調べていても、何ら不思議ではない。事実、弁護士の勝山にサイトの情報まで教えている。

ネットの世界において、高見はさぞ生き生きと調べ回ったことだろう。市長としての職務から完全に逸脱し、下手をしたら犯罪行為すれすれか該当するようなことまでして調べたかもしれない。もちろん証拠は残さないだろう。

『どちらにしても、本来なら警察が任意の事情聴取と証拠物件の押収をしてから、サイトの管理人に動いてもらうべきだったねえ。まあ、良心的な管理人だったから早めにサイトの健全化を図ったのかもしれないし、サイトとは関係ないと蜥蜴《とかげ》の尻尾切りみたいに扱ったのかもしれない』

「市長、それで私はどうすれば」

『うん、君も忠犬なら、正しく動くべきだ』

「わあああ！　何言ってんの、高見のおじ様！　東雲さんは素晴らしい警察官だよう！」

いきなりの忠犬呼ばわりに、百々が叫んだ。失礼にもほどがある。百々は東雲にあまりに申し訳なく、顔が上げられなかった。

しかし、東雲は違った。

「正しくとは、神社と桐生さんの自宅にも警察をということですか」

『わあ、飲み込みが早いねえ！　さすが、四屋敷の女性につくだけのことはある』

僕には負けるけどね、などと高見は余計なことを付け足した。

「おじ様。やっぱりそれって……」

『言ったじゃないか』


愛情は憎悪へ。

憎悪は殺意へ。


『ストーカーなんてのは、多かれ少なかれ同一パターンの思考に陥るものだよ』

何故自分を受け入れない、こんなに愛しているのに、こんなに尽くしているのに、何て女だ、こんな奴罰せられて然るべきだ――!!

『まあ、ストーカーとしては未熟極まりない自己チューな連中のなんと多いこと！　つけ回すなら、堂々と！　罵倒されてこそ本望！　そんなあなたが例えようもなく素敵！　くらいにならないと』

罵倒されてたんだ、おばあちゃんに、と百々は情けなくなった。市役所や県庁に勤める堅実な仕事を定年まで続けていた祖母に、罵倒されるほど付きまとっていたのか、おじ様は、と。

「加賀さんは怪我をしています。医療機関に連れていこうとしていたのですが」

まさに、その最中だった。ストーカーの言葉を思い出して、もしやと高見にアドバイスを求めるために車を停めてもらったところなのだ。

『お孫ちゃん、そんなに重傷？』

そう言われてしまえば、たぶん違う、としか答えられなかった。

痛むし血も出ていた気がするが、出血は止まっている気がするし、立てたしよろけながらも歩けたので、骨折ということもないだろう。

『それじゃあ、所轄に連絡して、桐生さんのところに誰か警官を派遣してもらうといいね。それと、佐々多良神社だけど、お孫ちゃんが行かないとね』

「わ、私でいいのかなあ」

つい先程襲われ何もできなかった自分に、何ができるだろうと、百々は弱気になってぽつりと呟いた。

『何ができるかは、お孫ちゃん次第。ただね、四屋敷の女性が、神様の領域に何かされそうな事態を、人任せにしていいのかなあ？』

まるで、挑発するかのような言葉に、百々はくっと唇を噛んだ。

そうだ、自分のことはいざ知らず、神社のことは――神様をお祀りしている場は、護らないと――！

「私、行きます！」

言いきった百々に、東雲は何か言いたそうにしたが、口をつぐんだ。

『ということで、僕、もう会議に戻っていいかなあ』

「はあ？　おじ様、会議の最中だったの？　何やってんの！」

たった今、真剣に返事をしてしまった百々は、どこまでもマイペースな高見の言葉と行動に今度こそ絶叫した。

高見との通話を切った百々に対し、今度は東雲が電話をかけていた。

相手の声は聞こえないが、百々が襲われたことを伝えて桐生家の警護を頼んでいることから、華の家の所轄署だと分かった。彼が華に紹介した女性警官かもしれない。神社の方は、自分がこれから回ってくると伝え、通話を切る。

「加賀さん。神社に向かっていいですか」

「お願いします」

東雲は、路肩に寄せていた車を発進させた。そのまま神社に引き返すのかと思っていたら、途中、ドラッグストアの駐車場に入る。少し待っていてくださいと言い残して運転席を降りていく東雲に、百々は以前彼がコンビニでペットボトルを買ってくれたことを思い出した。

今は喉は乾いていないんだけどなー、とか、早く神社に行かないと、とか考えていると、東雲が袋を手に戻ってきた。

「とりあえず、これで」

「はい？」

「あとで病院に連れていきます。消毒と絆創膏、ガーゼとテープも入ってます。本来なら、流水で傷口を洗ってもらいたいところですが」

東雲はそう言って車の中のライトをつけた。

「自分、前を向いてますんで。傷の程度は加賀さんが確認してもらえますか」

第三者のいない密閉された空間の中で、自分が女子高生の足を見るわけにはいきませんと言われ、百々は赤くなった。

別に東雲さんは変なことしないだろうし、警察の人なんだから確認しても問題ないのに

――。

百々がそう思いつつ、まじまじと傷を確認すると、膝や脛に倒れてきた自転車の一部が当たったらしい擦り傷だけだった。

それから、スカートを少し引き上げて膝の上まで確認しながら、ちらりと顔を上げる。

ミラーに映る東雲は、一切後部座席を見てこない。

いや、見なくていいんだけども!!

見たいとか思われない足なのか、私のは、とほほー……。

などと不謹慎なことを考えながら、消毒し、ガーゼを当てたり絆創膏を貼ったりする。

どれも出血は止まっていた。

「一応、飲料用の水もありますが、洗いますか」

「遅いよ、東雲さん。もう絆創膏貼っちゃった」

少しずれたタイミングに、百々が苦笑した。

「すいません。緊張が続いたんで、加賀さんが飲むかと。傷口を洗えると言うのを、今気がつきました」

どうぞ、と後ろ手に差し出され、百々は小声でお礼を言って受け取った。ミネラルウォーターで傷を洗うのはもったいないので、百々はありがたく飲ませてもらった。思っていた以上に気を張っていたらしく、飲み始めると一気に半分近く飲んでしまう。応急の手当てを終えた気配に、東雲はルームライトを消して、車を出した。

「加賀さん。佐多権宮司にもそちらにストーカーが行くかもしれないと、連絡をしておいてください」

「はい」

おそらく、まだ秀雄は神社にいるのではないだろうか。百々と華が帰るとき少なくとも社務所はまだ開いており、数人が神社に残っていた。いつも最後に権宮司である秀雄が戸締まりや境内の中の確認をしてから帰ることになっている。華を送ったあと、すぐに襲われたので、この時間ならまだいる可能性は高い。

「もし、まだ神社内に誰か残っていたら、無人になるのを隠れて待っているかもしれません」

逆に残っている人間ともども神社を襲う可能性もないわけではないと、東雲が恐ろしいことを言った。

「桐生さんを中の仕事に回したり、共に警察に行ったりしたので、佐多権宮司が狙われることも考えられます」

一方で、あれだけ絵馬を奉納したのにちっとも願いを叶えてくれない神社自体に怒りを感じて、神社の一部もしくは大部分に何かしら被害を与えてくるかもしれない、と東雲は危惧していることを言った。

もはや、何をするか分からない。誰を逆恨みするか分からない。

それが、追い詰められたストーカーの心理なのだ。

「華さん、大丈夫ですよね？」

「桐生さんは自宅にいるので、とりあえずは。それよりも、今は神社の方が心配です」

百々は頷くと、まずは神社の社務所に電話をした。


どうか――どうか、間に合いますように。

神社にもそこで働く人たちに対しても、何も仕掛けてませんように。

神様にひどい事をしませんように――。

必死に祈る百々を乗せて、やがて東雲の車は神社の駐車場に滑り込んだ。

糸を切る

神社の駐車場に東雲の車が滑り込み停車すると、それを待っていたかのように秀雄が駆け寄ってきた。百々から連絡をもらって、社務所に残っていたのだ。

「百々ちゃん！　怪我をさせられたって？」

とりあえず社務所へと二人が案内されると、そこには秀雄の父親でこの神社の実質的取りまとめ役の忠雄《ただお》老宮司まで残っていた。

「おお、おお。これはまた大変なことに。座りなさい、百々ちゃん」

足の絆創膏やガーゼを見た忠雄が、百々を社務所内の来客用の古びたソファに座らせてくれた。

「このたびは、うちの神社のことで大変ご迷惑をおかけします。ほんに、馬鹿息子がわしにとっととと相談しておればよかったものを」

忠雄老宮司はそう言って息子を一睨みすると、東雲に頭を下げた。

佐多のおじさん、黙ってたんだ、と百々は気まずそうな秀雄の様子に自分も居心地が悪くなった。

「父さんに心配かけたくなかったんだよ」

血圧だの年齢だのと小声で付け足した息子に、忠雄の目付きがさらにきつくなる。

「この神社で起こっていることを、わしが知らなんだで済ませられるか。未熟もの」

真面目で穏やかな秀雄に比べ、忠雄は普段から厳しい印象が強い。今夜はさらに怒っているので、息子である秀雄はますます体を小さくした。

「ご、ごめんなさい。私も黙ってて」

「百々ちゃんは、四屋敷さんからの大事な預かりもの。それが、このように怪我までさせて！」

四屋敷さんに顔向けできん、何と言って謝ればよいか、と忠雄が嘆く。しかし、百々にしてみれば、香佑焔が全部報告するからおそらくもう曾祖母にはバレているだろうし、今回の件に百々がかかわることも危険があることも承知の上だし……と思ったところで、はたと思い当たり固まった。

「お……お父さんにバレる……」

普段から一子と仲のよくない丈晴に、今回の件で百々が怪我をしたことがバレれば、家庭内でどれほどの嵐が吹き荒れることか。それを想像した途端、さあっと青くなった。

「この件が一段落ついたら、謝罪にうかがいます」

青くなった百々の後ろに立っていた東雲が、これまた百々がぎょっとするようなことを言った。

「へ？　な、なななんで東雲さんが謝るの？」

「加賀さんに、最初に桐生さんを送る話をしたのは自分です。未成年の加賀さんが、このような事態になることは十分予測できたことです。警察官として、あってはならない失態です」

「いっ？　ち、違います！　私がやるって自分から強引に！　申し出たんです！」

二人のやり取りを聞いていた秀雄もさらに、

「私も四屋敷に謝りにうかがわないと。百々ちゃんにはとんでもない迷惑をかけてしまって、さらに怪我までさせてしまうことに。何とお詫びしていいやら」

「わぁーん！　やめてぇぇぇ！　それやると、たぶんもっとお父さんと大おばあちゃんがもめるぅぅ！　てか、私のことはちょっとおいといてくださいーっ！」

叫ぶ百々に対し、忠雄も頷いた。

「うむ、まずはその不埒な輩を見つけ出して成敗してからじゃな」

成敗って、佐多のおじいちゃんが直に成敗しちゃだめだよねと思いつつ、自分からストーカーに話が戻ってくれて百々は少しだけほっとした。

「自分は、境内を巡回してきます」

懐中電灯は、常に車内に積んでますからと東雲が言うと、秀雄も社務所に置いてある古くて大きい懐中電灯を持ち上げた。

「私も行きます。隠れやすい死角になりそうな場所も分かりますし、やはり神社内のことですので」

東雲と秀雄は、社務所内の事務室に百々と忠雄を残し、揃って出ていってしまった。そうなると百々も落ち着かない。襲われたときは怖かったが、東雲もいてくれるし、そもそも神社という場所にいて自分がおとなしく待っているのもどうなんだろう？　と、そわそわしてくる。

そんな百々の様子に忠雄が苦笑した。

「いやいや、やはり亡くなられたおばあ様にも似ておられる」

「え、おばあちゃんに？」

最近、亡き祖母絡みで高見の本性を知ったばかりの百々は、口元を微妙にひきつらせた。

忠雄は、そんなことなどおかまいなしに感慨に耽る。

「おばあ様は、勧善懲悪の人だったからねえ。間違った行いを前に、おとなしくしていられる方ではなかった」

それって、ここに泥棒が入ったときに池に突き落としたとか竹箒で殴り飛ばしたとか、耳にタコができるほど聞かされてきた話のことだよね、と百々は心の中でため息をついた。

そういえば、この老宮司は昔、神社にお世話になっていた若かりし頃の祖母に憧れていたのだ。

このまま、この老宮司から亡き祖母の武勇伝を聞かされ続けるのは辛いな、と思っていた百々に、不意に伝わってきた感覚。

同時に、ポケットの中で、御守りがぢりり、と振動する。

「！」

「む？　百々ちゃん？」

急に立ち上がって、周囲を見回し始めた百々の姿は、知らない者が見たら奇行にしか見えなかっただろう。しかし、さすが四屋敷と親交の深い老宮司。皺の多い顔を、キッと引き締めた。

「感じるんじゃな」

「はい。どこ……どこ……？」

気持ちが悪い――心がざわわする――。

境内の大気が、何かを拒否して嫌悪している。

どこ――？

「……拝殿……の裏？　本殿？」

「なんじゃと！」

これには、忠雄も立ち上がった。老いてなおかくしゃくとしている老宮司にとって、これは聞き捨てならない言葉だった。一般客がお詣りしていくのは、いつもは拝殿。出入りが極端に制限されている本殿は、それはもう神聖で穢れ一つ持ち込んでいいような場所ではない。

「私、先に行きます！　佐多のおじいちゃんは東雲さんや佐多のおじさんを探してから来てください！」

「いかん！　百々ちゃん！　危険じゃ！」

そんなことは、百々も分かっている。足が今にも震えて萎えてしまいそうだ。だが、ここで百々が行かなければ、忠雄の気性だ、代わりに飛び出すことだろう。

誰よりも自分の立場を、この神社を、誇りに思っているのだ、この老宮司は。

まだ、自分には香佑焔がいたから、あのとき転倒させられても大怪我をすることはなかったが、忠雄が三十代の男と格闘するようなことになったら、どんな目に遭うだろう。

それに、やはり。

「呼ばれてるの──私」

異質なものがいる――悪しき穢れがいる――
排除せよ――我が荒れる前に――
我が声を聞くものがいるのならば――四屋敷の血に連なるものがいるのならば――

直接言葉として言われているわけではない。

ただ、そう訴えられているように感じるのだ。

この神域に満ちる神気が、百々の存在を呼んでいるのだと。

飛び出しかけた百々を、忠雄が止めた。

「落ち着きなさい！　携帯は持っとらんのかね！」

「あ！」

忠雄の言葉で、少しだけ百々は冷静になった。もはや、境内は暗い。そんな中、忠雄に二人を探してきてなどと言った自分の浅はかさが恥ずかしくなった。

すぐに周りが見えなくなってしまう。

百々はあたふたしながら、携帯を取り出して東雲に電話をした。ツーコールで出るあたり、さすが東雲らしいと百々は思った。

『東雲です。どうしました』

「あ、あのですね！」

どう説明したらいいのだろう、あの自分しか感じていないであろう、ちりちりとした感覚は。きっと、どう言葉を尽くしても理解してもらえない。なので、百々は理由を言うのを放棄した。

「拝殿の裏！　本殿の側にいるんだと思います！　だ、だから！」

『すぐに向かいます。加賀さんはまだ社務所ですか』

「はい！　だから、東雲さんと佐多のおじさんはこちらに寄って佐多のおじいちゃんと合流してから来てください！　私は……先に行きます」

先に行くと言う百々に、東雲が制止する声が聞こえたが、百々は通話を切った。

待っている余裕はないのだ。

待っていれば自分は安全だろう。東雲は頼れる警官だ。しかし、自分を呼ぶあの声は。神の声を聞き、神の力を感じ、鎮めることもその力を借りて行使することもできる四屋敷の人間を呼ぶあの声は――。

「ごめんなさい！　先に行ってますから、東雲さんたちと一緒に来てください！」

「ならん！　百々ちゃんも待っていなさい！」

それができる自分なら、きっとどれだけ楽だったことか。

だが、呼ばれるのだ。

それに体が、心が、どうしようもなく反応するのだ。

「だめなの。もし、もしそいつがもっと神社を穢すようなことをしたら、神様にひどいことをしたら……」

どうだめなのか、うまく説明できない歯がゆさを感じながら、百々は社務所を飛び出して走り出した。おそらく、数分の差で東雲たちは戻ってくる。なので、大丈夫——私は大丈夫、そう百々は自分に言い聞かせた。

『無茶にもほどがあるぞ！　百々！』

頭の中で、香佑焔の声が響く。

「分かってるよ！　でもさ！」

以前、下宿先の側の幸野原稲荷神社で、百々は事件に巻き込まれた。息子を虐待し、小動物を殺させては境内を穢し冒涜した男に、荒ぶった神の力が襲いかかったのはまだ記憶に新しい。あのとき、百々は圧倒的な暴力的な荒魂《あらみたま》を体感した。

もしかしたら、曾祖母の一子であれば顔色一つ変えずにそれと対峙できたかもしれない。上手くかわし、穏やかに微笑みながらたやすく宥められたかもしれない。それに比べ、自分は決意し言挙げしなければ先に進めなかったし、時間もかかった。まだまだ未熟だと、それはもう百々は実感していた。

だからこそ。

「あんなに神様を怒らせちゃう前に、どうにかしないと。まだ、警告の段階だと思うんだよね」

『まったく……！』

走る足を止めない百々に業を煮やしたのか、ポケットからしゅるりと香佑焔が姿を現した。

「本当は怖いくせに、強情な！」

「怖いに決まってるじゃん！　足だってまだ痛いし、お尻だって！」

転ばされ、更なる暴力に遭いそうになったのはつい先程だ。

「絶対に青あざになってるよ、これ」

「む。尻が青くなったことがそんなに気に入らんのか。そんなもの、人の子なのだから、つい先日まで青かったではないか」

「なにそれ……もしかして！　蒙古斑《もうこはん》のことだったら殴るよ、香佑焔！　私、もう十七なんだからね！」

別に香佑焔は百々を茶化しているわけではない。おそらく、彼にとって人の世の時の流れなど、瞬きをするほどの間なのだ。赤ん坊の頃にある臀部《でんぶ》の蒙古斑のことを何故知っているのかという疑問より、百々の尻がついこの間まで青かったかのような言い方に、百々は一瞬だが恐怖を忘れた。

だから、拝殿を回り込み人気のない玉砂利の道を駆け抜けた先、夜目にもぼんやりとしている人の姿を見つけたとき、最初に叫んだのは。

「ああっ！　また懐中電灯忘れた！」

「おまえというやつは……」

以前にも夜に空き家へ忍び込むのに、懐中電灯を忘れたことがあった。その失敗が、まったく生かされていない。焦ると周囲が見えなくなる百々の悪いくせに、香佑焔が深く、それはもう深く、ため息をついた。

勝手知ったる境内なので、どうにか走り抜けてきたし、ところどころについていた灯りで不自由はしなかったものの、本殿まで来てうっかりに気づく。その時、眩しい光が百々を照らし、一瞬周囲が何も見えなくなった。

自分の方が照らされている――そう理解した瞬間、ざわっと百々の中の恐怖心が這い上がってきた。

「あっ！　おまえ、僕の嫁ちゃんに付きまとってる小娘！」

声は、先程百々に向かって理不尽な恨み言をぶつけてきた男のものだった。

こうして件《くだん》のストーカーらしき人間と対峙すると、一瞬体も思考も固まる。さらに、相手から丸見えになっているという事態に、百々は思わず目をつむって顔を背けた。「ここまで僕を追いかけてくるとは……！　なんて卑しいやつ！　そんなに僕と嫁ちゃんの仲を嫉妬してるのか！」

怖いし、ずっと足と尻が痛い。

しかし、華を苦しめ自分を傷つけ、今ここでさらに何かよからぬことをしようとしている男に、百々は力強く反論した。

「し、嫉妬じゃないもん！　華さんはねえ、大っ迷惑してるんだから！　だいたい、『嫁』って言うな！」

声が震えているのは、仕方がない。精一杯の虚勢でもあるのだ。

「だいたいなあ、知ってるのか、チビでドブス！　ここの神様はなあ、縁結びの神様なんだぞ！」

そんなこと、おまえなんかに言われなくてもその百倍も知ってるわ！　と百々は胸の内で叫んだ。

この佐々多良神社の主祭神は、菊理媛神《きくりひめのかみ》、伊邪那岐命《いざなぎのみこと》、伊邪那美命《いざなみのみこと》。

菊理媛神は、又の名を「白山比咩神《しらやまひめのかみ》」。

仲違いをした伊邪那岐命と伊邪那美命を仲直りさせたという話から、「縁結びの神」とも呼ばれている。

しかし、それは菊理媛神がもつの力のほんの一面に過ぎないのだ。百々のことをさんざんチビだのブスだのと罵っている男は、百々が普通の高校生だと思っている。それゆえか、自慢げに言い放った。

「縁結びの神様に、僕と嫁ちゃんの結婚をお願いしたんだあ。伊邪那岐命が僕なら、伊邪那美命は嫁ちゃん。きっと、僕がここで嫁ちゃんを見つけたのは、運命だったんだ！　僕たちは、結ばれる運命で、菊理媛神は僕たちを引き合わせてくれた真の縁結びの神様なんだ！」

「……呆れて何も言う気がおきんな」

男からは見えない香佑焔が、百々の傍らでぼそりと漏らした。いかにもげんなりした口調だが、百々も同様、げっそりしていた。

「信じらんない……んなこと言ったら、ここに来た男女全部がカップルになるじゃん……どんだけ思い込みが激しいの、こいつ……」

「あ！　おまえ、菊理媛神をバカにしたな！　やっぱり嫁ちゃん以外のここの巫女はカスばっかりなんだな！」

「菊理媛神様を馬鹿にするわけないじゃん！」

百々の反論など、男は聞いていなかった。背負っていたデイパックを肩から下ろし、ファスナーを開ける。その瞬間、ガソリンのような臭いが百々の鼻に届いた。

まさか、こいつ、神社に放火――――！

隣の香佑焔の髪と大きな二本の尾が、ぶわりと逆立った。先程まで呆れ果てていたが、今は身を乗り出すように男を睨み付けている。

「見ろ！　これを！」

百々の受けた衝撃も意に介さず、香佑焔の威嚇も感じることのない男が取り出して、地面にばらばらと振り撒いたもの。

それは、たくさんの絵馬だった。何十枚とあるそれを、男が自分の懐中電灯で照らす。

絵馬は、いずれもびっしりと文字が書き込まれ、時おり赤い文字やマークも見られた。

「たくさんねえ！　買ったんだよ！　時間とか日とか変えてさあ！　僕の願いが叶うように、たくさんたくさんたくさん！　でもさあ、願掛けって誰かに見られたらダメだって言うから、なかなか掛けに行けなくて苦労して、ほら、まだこんなに溜まってる！」

どこの作法と混じっているのか、どうやら男は願いを叶えるためには絵馬を掛けるところを人に見られてはいけないと思っているらしい。そのため、深夜や早朝、人がいないときを狙って掛けに行っていたのだろう。

「……人に見られちゃダメって、丑の刻詣りみたい。気色悪‼」

「俗に言うお百度というものもそのように言われることがあったか？」

百々と香佑焔が呆れるような話が、次々と出てくる。どちらにしろ、これもまたこの男の勝手な思い込みだ。

「もう少しでもう少しで、僕と嫁ちゃんは結婚するところだったのに、ドブスチビが僕と嫁ちゃんの間に入ってきて邪魔するし、ここの神社の神主は嫁ちゃんを隠すし！　し、し、知ってるぞ！　ここの神社の跡継ぎは、若い男だって！　きっと！　僕の嫁ちゃんを！　そいつの嫁にするために、無理矢理僕から引き離しにかかったんだ！」

どこから調べたの、こいつ、とさすがに百々は目を丸くした。

佐多家には、跡継ぎがいる。史生の三つ上の兄、秀行《ひでゆき》だ。今、神職に就くべく、県外の大学に通っている。

「な、なんであんたが知ってるの？」

まさか、こいつ、高見のおじ様並にネットの達人？　と百々は焦った。しかし、答えはもっと単純だった。

「バーカバーカ。ここの若い神主をつかまえて、今の神主っておっさんだけど跡は君が継ぐのって聞いたら、あっさり教えてくれたんだぞ。ここのやつらは、バカばっかりだな！」

「アナログだった……全然ネットと関係なかった」

県内有数の規模の神社は、普通は神主を複数抱えている。佐々多良神社も同様で、その中の若い誰かが、悪気もなかったのか、逆にそんな誤解は困るとばかりに、善意で教えたに違いない。

「だからなあ！　そんな神主どもに思い知らせてやる！　お焚き上げをして、それからそれから、いつまでたってもお願いを聞いてくれない菊理媛神に、それを分からせてやる！」

男が、懐中電灯を脇に挟み、ごそごそとデイパックの中を漁った。

ガソリンを出すつもりだ――！　瞬間的に、百々は理解した。

ここにある絵馬に、下手すると本殿にかける気だ！

「だめーっ！　絶対だめーっ！」

叫ぶと同時に、百々の背後から眩しい光が男を照らした。一瞬腕で目を覆った男を、いつの間にか近くまで忍び寄っていた影が飛び出し、押さえ付けた。デイパックを取り落とし、玉砂利の上に組み伏せられ、痛い止めろと喚く男。

「沢渡貢。悪質なストーカー行為に加え、傷害の容疑、および放火未遂の現行犯で逮捕する」

「東雲さん……っ」

太った体を無様にばたつかせている男を取り押さえていたのは、東雲だった。

その声に、百々は全身から力が抜けそうなほど安心する。

「百々ちゃん、無事かい？　何もされなかっただろうね？」

懐中電灯を手に駆け寄ってきた秀雄が、心配そうに声をかけてきた。

「あ、はい、大丈夫です」

「私たちが来るまで、よく時間を稼いでくれたね。無茶だが、助かった」

百々にしてみれば、時間稼ぎという考えはまったくなかったのだが、そう言われてみればそうなのかと、そこは「えへへ……えっと、まあ、はい」などとあやふやな返事をした。

「まったく、こんなもんを書き散らしおって！　了見違いも甚だしい！」

荒い息で最後に現れた忠雄は、地面に振り撒かれた絵馬を懐中電灯で照らし、怒りで声を震わせた。

「我が神社の祀る神様のご利益を、己の欲のみでいいように解釈しおって！」

菊理媛神は、確かに縁結びの神と言われている。それゆえ、縁結びのおみくじだの御守りだのも取り扱っているし、そういった内容の絵馬を掛けていく恋人たちもいるのも確かだ。だが、それと同等に考えるには、あまりに内容が酷かった。

近づいて、ほんの少しだけ絵馬を覗き見た百々は、気持ち悪くなってすぐに離れた。

赤く大きなハートマークの中に、勝手に自分と華の名を書き込んで、「永遠に一緒だよ」だとか、「早く二人に似たベビーができますように」だとか、自分のありとあらゆる妄想を詰め込んだだけの絵馬。それを何十枚も持ち歩いて、隙を見て掛けてきたのかと思うと、改めて百々は不快感を強く感じた。

「離せ離せ離せ！　僕が何をした！　嫁ちゃんとの幸せをお願いしにきた氏子だぞ！」

東雲に押さえ込まれて立つこともできない男は、唾を撒き散らして喚いた。

「神様ぁぁぁ！　こいつらが、僕と嫁ちゃんの仲を引き裂くんですううう！　僕と嫁ちゃんの絆は永遠なんだあ！　小指と小指が赤い糸で結ばれてるって、初めて見たときにびびびと感じたんだあ！　僕と嫁ちゃんを出会わせてくれたのは、神様じゃないかあ！」

偶然境内で華を見かけて、勝手にひとめぼれをして、一方的に追い回しておきながら、それはすべてここの祭神のおぼしめしであるかのような責任転嫁の持論を振りかざす。

「僕が絵馬を買うとき、嫁ちゃんは他のやつらには見せない笑顔を僕に向けてくれたし、境内を掃いている嫁ちゃんに『ごくろうさま』って言えば恥ずかしそうに微笑んでくれるし、嫁ちゃんはなあ！　僕を特別な人だって分かってたんだよ！　僕と嫁ちゃんの仲を邪魔するなあ！　神様！　こいつらにバチをあててください！　菊理媛神！　菊理媛神のご利益をこいつらが滅茶苦茶にするんだよおお！　助けろよお！」

もはや、誰も耳を貸さないであろう男の言葉は、それでも吐き出され続ける。

東雲は、秀雄に警察へ連絡するように言った。

「自分は手を離せませんので」

「分かりました」

携帯を持ち歩いていない秀雄は、警察に連絡を入れて案内するため、社務所に戻った。

本殿の前に、百々と東雲と忠雄、それに今回騒動の元となった沢渡が残される。できれば、この男も一緒に連れていってもらいたいのだが、と百々は思った。

百々がここに呼ばれたときに感じた感覚が、徐々に強くなってきているのだ。

それが百々に訴える。

どうにかしろ、と。

浄めよ鎮めよ、と。

「香佑焔、神様怒ってるね」

小声で尋ねれば、百々にしか見えない香佑焔が、やはり百々にしか聞こえない声で同意する。

「当然だ。逢魔が時を経て昼と夜が入れ替わり、参拝の人間のために与えられた場が閉じる。今この時、境内は完全なる神域、しかも本殿の周囲。ここに人がいるべきではない。いてはならない」

まして、歪んだ欲望をたたきつける輩など――。

「東雲さん。佐多のおじいちゃん。あの、ここから離れませんか。えっと、その、社務所に行った方が」

「そうですね。警察もすぐに来るでしょうし」

「まったく、罰当たりはどっちじゃ！」

百々の言葉に、東雲も忠雄も同意した。しかし、今度は逆に男がじたばたと暴れて拒む。

「嫌だ嫌だ嫌だ！　神様にお願いを聞いてもらうんだ！　こんなに絵馬を書いてきてお願いしてるんだ！　嫁ちゃんを呼べよおお！　そしたら、誤解だって分かるからあああ！　神様が証明してくれるうう！　それまで動くもんかあ！」

押さえつけられて痛がっていたはずなのに、本殿から連れ出されそうになるやいなや、さらに砂利の上で暴れる男。その方が、よほど痛いだろうに、それよりもこの場から連れ出されることの方に気をとられているのだ。東雲が強引に立たせるも、男は今度は脱力して抵抗する。成人男性でしかも太めの沢渡が全身の力を抜いてだらんとすると、東雲でも簡単に連れていくことは厳しい。

「どこまで幼稚なんじゃ、こいつは」

怒りと呆れで、忠雄の声はいっそう低くなる。

「面と向かって告白もできんくせに、都合のいいときだけ神頼み。なのに、火までつけようという極悪ぶり」

「お焚き上げだって言ってるだろおお！　ちゃあんと上までお願いが届くように、本殿も一緒に焚き上げてやるう！　そしたらそしたらそしたら、おまえらだって嫁ちゃんをどうこうしてる暇なんてなくなるし、そしたらそしたら、嫁ちゃんは解放されて僕のところに戻ってこれるんだああ！」

「何がお焚き上げじゃ！　ようするに、ここを燃やして、わしら関係者があたふたしとる間に桐生くんによからぬことをしようとしとるだけじゃろうが！」

どうにかこの場から連れていかれないように脱力しては力説し喚き散らし、また東雲に起こされようとするとだらりと力を抜いて抵抗する。埒があかないこの状況で、忠雄が、百々の方を向いた。

「百々ちゃんや」

「は、はい！」

すっかり日が落ちて真っ暗な境内で、光源は懐中電灯とそこここの足元近くに設置してある淡い灯りのみ。その中で確認できる老宮司の目付きは、静かに凪いだ決意のこもった目だった。

「百々ちゃんは感じとるんじゃろ？　わしなんぞよりずっと」

それは、百々が社務所を飛び出すことになった感覚――呼ばれているあのぴりぴりとした空気を指していることは確かだった。

長年この神社で日々神への祈りを捧げ続けている老宮司にも、少なからず感じるものはあるのだろう。社務所にいたのでは感じられないものも、ここは本殿のすぐ側である。常とは違う空気であることを、感じているのかもしれない。

「ならば、四屋敷の者としてやるべきことをしなさい」

「えっ！」

忠雄の言葉に、百々は息を呑んだ。

確かに、百々は今すぐにでも詞を捧げたい。

乱入者によって掻き乱された場を鎮めたい。

それを、していいと、東雲やストーカーの男の前でしてよいと、そう忠雄は言っているのだ。

「で、でも……」

「やるべきだ。百々。人間がいようとかまわん。おまえはそのために来たのではないか」

四屋敷が気にかけ、行動の主たる理由となるもの――それは、時に神の力を借り、時に神の力を静め、正しく導き感謝を捧げる、それに尽きる。

そう、そのために百々はここに来たのだ。怪我をしたその身で。

男を捕らえに来るだけならば、東雲に任せればよかったのだ。だが、頭に血の上ったストーカーが、神社に悪質な行いをすることがないよう、百々もここに来たのだ。

アルバイトのように奉仕する「加賀百々」としてではなく。

いまだ修行中だが、次代として立つことを受け入れている「四屋敷百々」として。

百々は、大きく頷いた。

目を閉じ、足を肩幅に開く。

息を深く吸い、深く吐く。

吸う息は、境内に満ちる大気。

昼よりも濃くなった神の力の溶け出した大気。

百々の体に、ひたひたと満ちる力。

普通の人間ならば、取り込みきれずに呼気とともに吐き出してしまうそれを、百々は確かに体内に取り込んで巡らせた。

深く吸い、深く吐き、そして。

本殿の前まで進み出て、深く頭を二度垂れる。

遅くなってごめんなさい、神様。

今——お鎮めいたします。

私の精一杯の詞が、どうか届きますように——。

ぱぁん　ぱぁん

夜気を切り裂くように鳴り響く音。

百々の手が、二度合わされた。

「私は四屋敷百々。こちらで修行させていただいている者です」

両手を胸の前で合わせたまま、目を閉じて言葉を捧げる。

私はこういう者です──嘘偽りは申し上げません。

己の素性を明かし、己を「四屋敷」と名乗る。正式に四屋敷の姓を継いだわけではないが、その資格をもってしてこの場にいるのだと訴える。

「何やってんだよ、失礼なやつだな！　神様なんて、おまえみたいなチビブスのお願いなんて聞かないんだよ！　僕の嫁ちゃんだけが、ここの正式な巫女さんなんだああ！　神様は僕と僕の嫁ちゃんしか認めてないんだからなああ！」

背後で、無様な嘲りが撒き散らされるが、もはや百々の耳にそれは届かなかった。全身全霊、今の百々は目の前の本殿に満ちる神気にのみ集中していた。

「菊理媛神様、伊邪那岐命様、伊邪那美命様。どうかご無礼をお赦しください。場を浄めさせていただきます。その上でこの場を去りますので、どうぞ心安らかにお鎮まりくださ い」

どのような詞を唱えればいいか。考え悩む間もなく、百々の口から詞が滑り出た。

「かけまくもかしこき　いざなぎのおほかみ」

菊理媛神ではなく、伊邪那岐命の名が出てくるが、それは菊理媛神に祈っていないわけではない。

「をどのあはぎはらに　みそぎはらへたまひしときに」

みそぎ――御禊。

身を浄める、身についたあらゆる穢れを祓う。曾祖母の一子は、場合によっては祈りの場に向かう前に潔斎を行い内側を浄め、水で外側を浄めることがある。神社にお詣りする前に、手水で手と口を漱ぐのも浄めである。

今、百々は、荒れ乱された場を浄めようとしていた。

「もろもろのまがごと　つみけがれ　あらむをば　はらへたまひ　きよめたまへと」

先程、穢れた願いが捧げられました――

こちらの神域を害そうという罪が犯されそうになりました――

どうか、私の願いをお聞き届けください、捧げます詞をお受け取りください――

何事もなく――つつがなく――この場があるべき清らかさでありますように――

どうか――どうか――どうか――

ここに、荒ぶる力が満ちている訳ではない。ただ、百々の詞が淡々と、十七歳らしい初々しい音で語られていく、それだけだ。しかし、いつの間にか、喚いていた男が黙っていた。

東雲も、男を押さえつつ、百々の詞を聞いていた。

以前、幸野原稲荷神社で感じた、立てなくなるほどの恐ろしい圧力は、今夜は感じなかった。百々は、ただ手を合わせ、難しい詞を口にしているだけ。

ただそれだけなのに、百々を中心に大気が柔らかく変化していく、そんな様子が視認できるような錯覚が生まれる。

百々の周囲に現れた透明で淡く光るような神気に呼応し、本殿もまた同様の空気に包まれる。そこから漏れたもの――もしかしたら何かの力の一部が、百々を取り巻いている神気の元へ届き、混じり合う。

ゆっくり、ゆったり、百々の詞を堪能し、それに応えるように波打ち、やがて本殿と百々を取り巻き、膨らむ。

「かしこみかしこみまをす」

百々の詞が締め括られたその瞬間、真円のように膨らみ取り囲んでいた気が大きく動いた。

ぱぁん、と。

まるで見えない風船が破裂するような、そんな力の霧散だった。

その瞬間、百々だけは知覚した。

縁結びの神として、有名な菊理媛神。

古事記には登場せず、日本書紀でも決して大きく取り上げられていない女神であるにもかかわらず、伊邪那岐命と伊邪那美命のいさかいを調停し、それゆえにこの神社の主祭神となっている。

その力が、東雲に押さえつけられている男を襲った。

襲ったと言っても、沢渡も、押さえつけている東雲も、まったく気がつかなかっただろう。

なのに、百々には感じた。

あ………切れる――。

ふつ、と。

ふつ、ふつ、と。

かすかに頭の中に響く音。

沢渡がむやみに伸ばし絡めた糸が、菊理媛神の力によって切られていく感覚。その糸とは、「縁」であり「絆」というものなのだろう。

菊理媛神の力は、歪んだ願いを捧げ、一方的な縁を華と結ぼうとした沢渡の糸を断ち切ってくれたのだ。

百々の目に、その糸が見えるわけではない。ただ、イメージのようなものが流れ込んでくるのだ。

沢渡の糸が切れる。

華との繋がりも。この神社とも。百々とも。数少ない身近な人々との縁も。

かろうじて残っているように感じるのは、この男の面倒を見ていた両親のものだろうか。

この世にいる限り、沢渡が誰かと繋がっているはずの縁という糸の大半を切って、菊理媛神の力は去った。

「百々。最後まで締めんか」

うわー、菊理媛神様、ちょっとえげつないかもー……などと思っていた百々を、香佑焔が嗜めた。百々が祈っている間中、御守りから出た状態のまま見守っていてくれたのだ。

「あ、うん、そうだった！」

百々は再び、「お鎮まりくださいまして、ありがとうございました」と心の中で感謝し、深く頭を下げた。

おそらく、これで終わった――。

人の世で、沢渡と華の縁は、少なくとも今は切れた。再び縁が結ばれることは、おそらく難しいだろう。

その後。

パトカーが到着し、警官が秀雄に案内されて来た。

百々が唱えた詞は、場の空気を穏やかなものに変え、忠雄も、おそらく東雲も、それを少なからず感じていたと思われるのに、東雲に取り押さえられて一時は黙った沢渡はまったく改心していなかった。

警官二人に、両側から抱えられ、引きずられるように連れていかれながら、ぐずぐずと半べそをかいて「嫁ちゃんに連絡しろよう」「呼べば誤解だって分かるよう」とまだ未練がましく訴えていた。

「いやはや、百々ちゃんの詞もまったく響かんほど、己の精神だけで完結しているとは」

「完結？」

忠雄の言葉に、百々はきょとんとした。

「他人をまったく受け入れる隙間がない。余裕がないというより、自分の妄想が心地よすぎて心が全部それに浸っておるんじゃろうなあ。少なくとも、今は誰が何かを言うても、何も耳に入らんじゃろう」

それでも、糸は切られたのだ。沢渡が多少なりとも周囲を冷静に認識できるようになったとき、どれほどの縁が残っていて彼の手助けになるのだろうか。

沢渡を他の警官が引き受けたので、東雲は放置されていたデイパックに絵馬を入れた。

焚き上げるのだと男が砂利の上に振り撒いた、妄想の限りを書き記した絵馬。

それは、男が悪質なストーカーであり、邪な考えから自分の妄想を邪魔するものを排除しようとしていた証拠の品でもある。

「届けてきます。加賀さんは社務所にいてください」

「あ、はい、でも私、ここから自転車で帰れ……」

「医者に行きます。社務所にいてください」

穏やかだが有無を言わせない東雲の言葉に、百々は頷くしかなかった。

秀雄と忠雄に労られながら、百々は社務所に戻った。

香佑焔は、すべて終わったとばかりに、御守りに戻っている。

社務所のソファに座りながら、百々は『どうにかお医者さんに行かないって方法はないかなー。お父さんにバレたら、とんでもなく大変なことになるんだけどなー』と東雲を待ちながら悩んでいた。やがて、思っていたより時間をかけて、東雲が戻ってきた。

「すいません。四屋敷さんと加賀さんの下宿先にも連絡してきたんで」

「えっ！」

「時間が時間なんで、ずいぶん心配されてました」

百々は、社務所内の時計を見て、ぎょっとした。いつまでたっても帰ってこない百々のことを、下宿先の女主人の紀子は、どれだけ心配したことだろう。

さらに。

「け、怪我したって言いました？　紀子おばあちゃんに、あと、あと、うちにも……っ！」

あわあわと焦る百々。

「それなんですが」

東雲は、微妙な表情になった。

普段から無愛想というか、あまり表情の動かない東雲が困惑しているというのは、百々には伝わったが、おそらく秀雄や父親の忠雄には伝わっていない。

「四屋敷さんいわく、加賀さんはストーカー被害に遭っていた友人と一緒に帰ったとき偶然巻き込まれて怪我をした、応急処置のために近かった神社に戻ったらそこでまた今回の件に巻き込まれた、と。そういうことにしろと言われました」

やっぱりあの大おばあちゃんだ――っ！

そんな無茶なことを通そうとする人を、百々は一人しか知らない。ようするに、百々が積極的に今回の件にかかわったことは伏せておけと、東雲に指示が出されたのだ。

当主の一子によって。

真面目な東雲は、虚偽報告をあげなければならない。困惑して当然である。むしろ、困惑程度で済んでいるのが奇跡のようなものだ。本来の性格からすれば、そんなことはできないと突っぱねたいのだろう。だが。

「自分、加賀さん担当なんで。そうするために選ばれたんであれば」

「そっちかぁぁ！　違うよう！　いや、違わないいんだけど、ごめんなさい、東雲さぁぁん！」

頭を抱える百々。

四屋敷が遭遇する、一般的には怪異と見なされるような事象に警察がかかわらなければならない場合、四屋敷を表に出さないようにするために作られてきたパイプ。

それが、曾祖母担当と言われた警官の堀井であり、亡き祖母の幼馴染みの元県警副本部長であり、この東雲であるのだが。

今は、真実を話して義父が激しく曾祖母を責めるのと、東雲を苦悩させせつつ義父を心配させる程度に収めるのと、どちらかを選ばなければいけないという状況なのだと、百々は痛感した。

怪我がよくなるまで神社の方を休みなさいと秀雄と忠雄に言われ、東雲に病院の救急外来に連れていかれた百々は、一応レントゲンも撮ってもらい、骨に異常がないことが確認された。擦過傷と打撲で済んだのは、ひとえに香佑焔が倒れた百々を咄嗟に支えたからである。

医師に診断書を書いてもらい、東雲が謝りながら、百々の傷を写真に撮った。

「傷害に放火未遂。もっとも向こうが弁護士をつけて精神鑑定を主張してくるでしょうが」

どちらにしろ、直近の危機は去った。それに、百々は知っている。

沢渡の他者との糸のほとんどは、もう切れたのだ。

おそらく、これから華にかかわってくることも、百々や神社にかかわってくることもないだろう。そんな人生が、彼を待っているのだ。

菊理媛神の「きくり」は「くくり」。

人と人との縁を括り結ぶ神。それとともに、乱れた糸を整えるという意味ももつ。人間関係を正常に戻すということになるだろうか。

また、「くくり」は水を「潜る」に通じる。水を潜るというのは、禊《みそぎ》であり浄めだ。災いや厄を浄め流すところにも通じる。

ある意味、菊理媛神の力は、正常に働いたのだ。

怒りに任せてではなく、荒ぶったわけでもなく、沢渡が理不尽に華に巻き付けた糸を切って、正しい状態に戻し、神社もろとも焼こうという火による災厄を、起こさせなかった。

「これで……よかったんですよね？」

きっと、香佑焔ならば、よくやったと労ってくれる。曾祖母の一子ならば、百々ちゃんさすがね、と誉めてくれる。それでも、百々は東雲に、自分が祈ったこと、祈った結果を尋ねた。

他の人の目から見て、あの男の一生を変えたひどい行いに見えてたら、どうしよう。そんな不安があったのかもしれない。

下宿に送ってもらう途中、車内で呟くように百々から尋ねられた東雲は、こくりと頷いた。

「これ以上はない幕引きだと思います。誰も彼も無事です。ただ……」

「え」

やばい――何か、失敗したかな？

「加賀さんが負傷することになってしまいました。自分の不手際です」

「え……いやいやいや、違います、東雲さんの不手際って！　私がずっと勝手にやってて、気を付けなくちゃいけないのに結構油断してて……とにかく！　東雲さん、悪くないです！」

華を送ることも、東雲は控えるように百々に申し入れてきた。それを断って、ずっと送り続けたのは百々なのだ。そこに東雲が責任を感じる必要はないと、百々は思っている。

だが、もとは最初に自分がストーカー対策としてそういう方法もあると百々に提案したこと、百々の性格から、危なくなっても絶対に華の送り迎えをやめないと思ったにもかかわらず、強く止めなかったことを、東雲は悔いているのかもしれない。

東雲にとって百々は、守るべき一般市民であり、未成年の少女なのだ。

「後日、改めて四屋敷さんに謝罪にうかがいます」

「それ、やめてくださいね！　せっかく、大おばあちゃんがごまかしてくれようとしてるのに！」

すべて偶然巻き込まれた、一子はそういうことにしようとしているのに、そこに東雲が謝罪しに現れたら、義父の丈晴に真実を気づかれてことが大きくなるかもしれない。

東雲に送ってもらった下宿先では、女主人の紀子が大騒ぎで百々を出迎えてくれた。心配をかけてしまったことを、百々は何度も謝った。

翌日、学校で百々の足のことを友人たちから聞かれ、一子が考えた通りのことを言ったら、迂闊《うかつ》に巻き込まれやがって！　と怒られた。

巻き込まれて大変だったたね、とか優しく言ってくれないかなあと、百々としては少し不満だったが、友人らが心配してくれているのが伝わってきたので、ありがたく怒られておいた。

また、一日だけ休んで翌々日に神社に行くと、ことの顛末を秀雄から聞いた華からもいたく心配され、何度も謝られることになった。しかし、これまで自分を苦しめてきたストーカーが逮捕されたとあって、華の表情は明るかった。ストレスが大きかったのだろう。

「どうしよう、お礼はうちの実家のケーキ一生食べ放題にしても足りないくらいだわ」

「待って、華さん、それやられたら私、デブ道まっしぐらだから！」

「そんなことないと思う。百々ちゃん、すらりとしていて、もうちょっと太っても全然大丈夫だもの」

それを言うなら華もだ。実家が洋菓子店でいくらでも美味しいものがあるのに細いのっていいなと、百々は極めて女の子らしい羨ましがりかたをした。

百々の怪我のことは、一子が警察から電話を受けたとして、両親に知らされた。当然のことながら、両親は二人とも心配し、土日に帰ってくるように言われた。

百々としては、土日は神社の仕事に当てたかったし、包帯やらガーゼやらが目立つ足を両親に見せたくなかったのだが。

「怪我をしたのだから、百々ちゃんは休んでいいんだよ。家でゆっくりしておいで」

秀雄からそう言われてしまい、百々は土曜日に家に帰って両親に無事な姿を見せることになってしまった。

案の定、怪我を見た七恵は、心配しつつも無事でよかったと喜んでくれ、丈晴は犯人に対し正しく怒りながらも、百々ももう少し用心深くならないといけないと、少々説教された。

それでも、本当のことを知られるよりまだいい。ストーカーのことを承知していて、自分から首を突っ込んでいっての怪我だとか、神社では放火直前の犯人と向かい合ってたとか、両親に知られたい事実ではない。さらに、そこに高見が絡んでいることは、両親には内緒なのだ。

『やあ、無事でよかったね、お孫ちゃん。さすがに竹箒でストーカーくんを打ち返して夜空の星にしちゃうことはできなかったんだねえ。惜しいなあ』

実家に帰る前に高見にも報告とお礼を兼ねた連絡を入れた百々は、高見から無事を喜ばれたものの、相変わらず少し斜め上をいくようなことを言われた。

『ともかく、勝山くんは役に立ってくれたみたいだし、折を見て僕もストーカーくんに会っておくから心配いらないよ』

「会っておくって、どうするの、高見のおじ様」

『まあまあ、はっはっは』

「ごまかした！　何か企んでる！　怖い！」

高見がろくなことを考えていないということだけは伝わってきて、百々は口元をひきつらせた。

その後、弁護士の勝山は、一度神社に挨拶に訪れた。華に何事もなく事態が収拾されることになってよかったと、権宮司と歓談していったが、華はどことなく気落ちしていた。

もしかすると、真摯な態度で対応してくれた勝山に、好意を抱いているのかもしれない。

勝山は華にとって、実際に力になってくれた頼れるヒーローのようなものだ。それに加え、事件以降まだ一人になることに不安もあるのだろう。勝山にもう少し相談にのってもらったり支えてもらったりしたいのかもしれなかった。

事件が終われば、華と勝山との交流もなくなるが、さすがに男女のことは、百々にはどうにもできなかった。

また、事件の翌日の神社に、東雲の知り合いだという例の女性警官も来た。明るくなってからの現場確認であり、宮司たちからも話を聞いていったとのことである。百々は学校に行っていたので、その警官には会っていない。

東雲が百々の診断書を提出して、他の手続きもやってくれたので、百々が警察に呼ばれることはなかった。本来なら、被害届を出したことになり、百々は警察で詳しく話をしなければならなかったのだが、そこは、「百々担当」の東雲がうまくやってくれたのだろう。

数日間はまだ事件のことでごたついていたものの、いつの間にか百々の周囲は落ち着き、いつもの生活に戻っていった。

誰かを思うということ

百々の足の包帯やガーゼもとれ、打撲の痣も色を変えながら徐々に薄まってきた頃。

百々は、今回の騒動を一応報告しておこうと、下宿先の斜め向かいにある幸野原稲荷神社を訪れた。幸野宮司にではない。幸野原稲荷神社の祭神にである。

「今はご近所様なんだし、近況くらい報告しておこうかなって」

『どのような理由であれ、宇迦之御魂神様にご挨拶申し上げるのは善きことだ』

相変わらず近所の神社といった風で、佐々多良神社のような賑わいはないものの、境内はきちんと掃き浄められている。

参道を進むと、対の狐の像がざわりと反応したような気がした。

今日はご挨拶と近況報告に来ただけなんですと心の中で語り掛けたところ、狐たちから『怪我をしている』『またしても騒動か』などと興味津々で声をかけられた。

最初はピリピリしていて百々に対しても疑い深く排他的であった狐たちは、神社を穢すようなおぞましい事件を解決したことによって、百々への態度を軟化させていた。怒り狂った宇迦之御魂神の力を感謝の詞で宥めた百々を、彼らなりに評価したというところだろうか。

そんな狐たちの気に障らぬよう、香佑焔は御守りから出てこなかった。一度は堕ちた身の香佑焔に、狐たちは人間に対する以上に厳しい。この先、ずっと同族である狐の神使たちから蔑まれて仲間に入れてもらえないのかな、香佑焔、と考えて、百々はちくりと胸が痛んだ。

拝殿の前で二礼二拍手して手を合わせ、いつも見守ってもらっていることの礼を述べ、少なからず巻き込まれた騒動についてもかいつまんで話した。

「佐々多良神社で、菊理媛神様の縁結びのご利益を、あんな形で利用しようとするなんて。神様を愚弄したのも同然！　私、許せないって思いました」

神様の力を、あんな個人的な、しかも極めて一方的な欲望のために望むなんて、なんて愚かだったんだろう。

その報いを、沢渡は受けた。菊理媛神の力が、沢渡と周囲の人々を繋げていた目に見えない縁の糸を切ったのだ。

切れた糸は、華との間にあったものだけではない。次々に切られていく感覚を、百々は思い起こした。

今後も懲りずにどこかの巫女に邪な思いを抱く可能性もある。しかし、おそらくそれは実ることがないだろう。沢渡に共感し協力しようとする人間も、早々現れないはずだ。本名を隠し経歴を詐称できるネットの世界に再び浸ったとしても、所詮は紛《まが》いもの。生きた人と人との間にある本物の縁ではない。

　これから沢渡が歩む人生は、寂しいものになるに違いない。どうしていつも自分ばかり願い事が叶わないのかと、不平と不満に苛まれることだろう。

　身勝手な理由で分不相応な力の行使を、厚かましくも神に訴えた結果とはいえ、かなり重い罰を受けることになってしまった。

　もし、沢渡にも酌量の余地があるとしたら。沢渡だって、根っからの悪人で凶悪な犯罪を犯してきたような人間ではなかったはずだ。

　ただ、華のことを好きになってしまった。そこから華も巻き込んで、自分の人生を狂わせるようなことになった。

「誰かを好きになるって、一歩間違えると自分のことばかりになって、相手の気持ちを考えないこともあるんですね。それって、結局多くの人を傷つけて、悲しませたり苦しませたりすることになってしまう……」

　人を好きになるというのは、素敵なことだと思っていた。

　いつか、自分も誰かを強く想うような、そんなときが来るのだろうか。それは、四屋敷の当主を継ぐことと相反しないだろうか。

一子も、代々の在巫女たちも、結婚して子を生《な》し、次へと役目を伝えてきたのだから、自分もいずれ運命の相手と巡り合うのかもしれない。

そのとき、自分は相手のことをきちんと考えられる人間になろう。そして互いに相手の気持ちを大事にして優しくできる、そんな人と恋愛ができたらいいなと、百々は思った。

例えば、どんなときでも駆けつけてくれて、百々を助けてくれる、まさに本物のヒーローのような東雲……。

「いやいや、そんなこと。絶対に東雲さん、私のことを手のかかる子供だって思ってるだろうし。それに、すっごく歳が離れてるし。それに、それに……」

勝手に想像し、それに恥ずかしくなって赤くなり、百々は自分が言ったことを必死で否定した。東雲は、あくまでも「担当」だから自分を助けてくれる、ただそれだけだ、それだけ……。

こほんと咳ばらいをし、百々は背筋を伸ばし直した。

ともかくも、自分は無事ですべて片付きました、これからもよろしくお願いいたしますで締め括り、最後に一礼する。

鳥居のところまで来たとき、聞き慣れた声がした。

「よう、百々。俺んちに参拝かよ」

幸野原稲荷神社の幸野宮司の息子、卓人の声だ。同い年の男子だが、百々が彼にもつ印象はあまりよくない。どうにも軽く感じるのだ。言葉にも態度にもデリカシーがないように思えるし、自分だけでなく東雲にも失礼なことを平気で言ったりする。

髪にワックスをつけてあちこち跳ねさせ、学生服を着崩している。おそらく、校内ではもう少しきちんとしているのだろう。私立の高校の校則は、結構厳しいのだと、百々は友人らから聞いたことがあった。自分たち公立の方が地味で厳しいんじゃないの？　と百々は思ったが、私立は生徒を呼ぶのに評判が悪いと困るもんねーと友人が言っていたような記憶がある。そんなものなのかと、百々はあまり興味なく思って聞いていた。

そんな記憶がぼんやりとあり、それなのに卓人のこの外見と態度はなんだろうと、百々は思ってしまうのだ。

「卓人さんちじゃないでしょ。ここは神社だもん」

「いーんだよ。親父が神主してるんだし、将来俺が継ぐんだし」

目の前にいるちゃらちゃらした卓人が、大人になって本殿で祝詞をあげる姿。それを想像しようとしたが、どうしても百々の頭の中ではイメージできなかった。

そんな百々の様子におかまいなしに、卓人は百々に話しかけるのをやめない。

「あのさあ、いい加減卓人さんてぇのやめろよな。同い年だろ。卓人でいいよ、卓人で」

「えー……じゃあ卓人くん」

「くん、て何だよそれ、卓人でいーんじゃね？」

何でいきなりそんなに親しげに呼ばなきゃいけないのよ、と百々はつんとした。

「おまえんち、俺と同じ神社かその関係者なんだろ？　だから、そこらへんの愚痴ってえの？　お互い暴露し合おうぜ」

「うちの実家は神社じゃないし、愚痴なんかないもん！」

今、神社で修行中の身としては、まったく愚痴など思いつかない。むしろ、父親の手伝いもろくにしていないように見える卓人に、神社のどういうことに愚痴があるんだろうと、百々は不思議に思った。

「だってよー。土日祝日朝早くから夜まで働いてよ、旅行だってできやしねえ。よくて近場一泊。将来は神社継げって当たり前のように言われるしよ。神社の名に傷がつくようなことすんなってうるっせーしよ」

神社が土日祝日忙しいというのは、百々にも分かる。

参拝客が増えるのだ、仕方ない。大きい神社なら、さらに結婚式が入ることも多く、人手がいる。日々のお勤めがあるから、長い旅行にもなかなか行けない。

特に、幸野原稲荷神社のように、一人の宮司が切り盛りしているところは、交代してくれる相手もいない。

「休みはねえし、家族サービスなんかどーだっていいって感じだもんな、うちの親父」

「そんなことないよ！　幸野宮司さん、優しくて真面目な人じゃない！　何酷いこと言ってんの！」

卓人のあまりの言いように、百々が激しく反論した。

卓人の家庭事情は、百々の知るところではない。しかし、今までのかかわりの中、卓人の父である幸野宮司はとにかく真面目で神職に対し真摯な人間だ。決して卓人の言うような冷たそうな印象はまったくない。

「うへ、怖ぇ。そんな、マジで怒るなよ」

肩をすくめる卓人に、百々はむすっとした。

こんな薄っぺらな印象なのに、もしかして彼女とかいちゃうのかな、卓人くんは、と先程まで誰かを好きになることを考えていた百々は、つい考えてしまった。

卓人だったら、相手に脈無しと思えば、強く執着することなくあっさりと別の女の子の方に行ってしまうのではないだろうか。それはそれで、何か嫌だな、私だったら卓人くんは選ばないなー……。

「おまえ、なんか俺にすっげぇ失礼なこと考えてねぇだろうな」

百々の表情を見ていた卓人が、むっとした。失礼かもしれないけど当然のことだもんと、百々が思ったことが本当の失礼にあたることだったのだが。

「こらぁ！　卓人！　いつまでそこで失礼なことをしているつもりだあああ！」

社務所から出てきた卓人の父、幸野原稲荷神社の幸野和人《こうのかずと》宮司が、息子を怒鳴り付けた。

卓人が肩をすくめる。その顔には、やや神経質で厳しい父親への反発が見てとれた。

「うるせえのが来やがった。またな、百々」

「あ、うん」

父親から逃げるように、卓人は百々に軽く手を振り、自宅の方に去ってしまった。

代わりにやってきた幸野宮司が、息子が失礼なことをしなかったかと百々に謝罪してきた。ただしゃべっていただけなのだが、どうもこの宮司は、百々が四屋敷の跡継ぎという ことを強く意識しすぎているらしい。息子が自分に反抗的で態度がよくないこともあり、百々に無礼なことをしていないか、心配でたまらない様子だ。

百々は、幸野宮司に大丈夫ですとちょっと引き気味に挨拶をし、鳥居をくぐった。

歩きながら、ポケットの中の御守りに憑いている香佑焔に話しかける。

「ねえ、香佑焔。私にもそのうち彼氏ってできるのかなあ」

それに対し、香佑焔の返事は素っ気なかった。

『そんなことより、修行に身を入れ、立派な在巫女となることが先だ。男にうつつを抜かす余裕はない』

「うつつなんか抜かさないよ！　ただ、私だってお年頃ってやつなんだからね！」

『…………ふっ』

「あ！　鼻で笑った！　馬鹿にしたでしょ！」

百々と香佑焔の二人きりの応酬は、百々が下宿先の玄関の戸を開けて、元気よく「ただいま帰りました！」と挨拶をするまで続いた。

終

本書は小説投稿サイト・エブリスタに
投稿された作品を加筆・修正したものです。

SH-033

百々《もも》とお狐《きつね》の見習《みなら》い巫女生活《みこせいかつ》 弐《に》

2018年5月25日　第一刷発行

著者　千冬《ちふゆ》
発行者　日向晶
編集　株式会社メディアソフト
〒110-0016
東京都台東区台東4-27-5
TEL：03-5688-3510（代表）/ FAX：03-5688-3512
http://www.media-soft.biz/
発行　株式会社三交社
〒110-0016
東京都台東区台東4-20-9　大仙柴田ビル2階
TEL：03-5826-4424 / FAX：03-5826-4425
http://www.sanko-sha.com/

印刷　中央精版印刷株式会社
カバーデザイン　大岡喜直（next door design）
組版　松元千春
編集者　長谷川三希子（株式会社メディアソフト）
福谷優季代、菅 彩菜（株式会社メディアソフト）

ISBN 978-4-8155-3504-9